니르바나의 미소

정찬주 장편소설 니르바나의 미소

2011년 2월 28일 초판 1쇄 인쇄
2011년 3월 10일 초판 1쇄 발행

글쓴이 정찬주
펴낸이 김희옥

출판부장 김윤길
편집 심종섭, 김덕희, 김도형
마케팅 김용구, 김용문
관리 쇠옥향

인쇄 서진인쇄

펴낸곳 도서출판 한걸음·더 | **등록** 2007년 11월 15일(제2-4748)
주소 서울시 중구 필동 3가 26 | **전화** 02) 2260-3482~3, 2264-4705 | **팩스** 02) 2268-7851
전자우편 book@dongguk.edu | **홈페이지** www.dgpress.co.kr

ISBN 978-89-93814-34-7 03810

- 책값은 뒤표지에 있습니다.
- 잘못된 책은 구입한 서점에서 바꾸어 드립니다.
- 도서출판 한걸음·더는 동국대학교출판부의 자매 브랜드입니다.

정찬주 장편소설

니르바나의 미소

부처님 열반 이야기

마음의 발견 7

차례

유녀 암바빨리의 눈물	··· 9
청춘 회상	··· 21
사리뿟따와 목갈라나	··· 34
마하깟사빠의 충고	··· 50
홀로 가는 수행자	··· 63
자신을 등불 삼아라	··· 76
아누룻다의 눈	··· 89
아난다의 간청	··· 101
부처님의 열반 선언	··· 112
마하빠자빠띠 비구니	··· 125
윤회를 초월하는 가르침	··· 139

비구들이여, 경과 율만 받들라 ··· 151

쭌다의 공양 ··· 162

뻑꾸사, 황금색 옷을 공양하다 ··· 175

쭌다를 위로하다 ··· 185

전생의 고향 ··· 195

4대 성지를 설하다 ··· 205

말라족 사람들과의 작별 ··· 215

마지막 제자 수밧다 ··· 226

열반에 드시다 ··· 237

사리를 8등분하여 탑을 세우다 ··· 247

| 작가 후기 |
인생은 순간이지만 미소는 영원하다 ··· 257

유녀 암바빨리의 눈물

망고동산을 감쌌던 안개가 한 걸음 한 걸음, 웨살리성毘舍離城 거리의 모든 것들을 제자리에 놓고 뒷걸음질쳤다. 안개는 결코 무엇을 탐하거나 집착하는 법이 없었다. 밤새 술을 마시고 춤을 춘 상인들은 베란다 평상 위에서 잠을 자고 있었다. 일찍 일어난 소와 염소들만 새벽의 거리를 어슬렁거렸다. 웨살리성 사람들은 안개를 대지가 보낸 신神으로 생각했다. 망고동산 너머로 물러나게 될 안개는 해가 뜰 때까지 거기서 얌전하게 머뭇거릴 터였다.

망고나무 잎들은 유녀遊女 암바빨리의 커다란 눈동자

●웨살리성 아소까대왕 석주와 스투파. 이곳에서 부처님의 양모 마하빠자빠띠가 입적했다.

처럼 젖어 있었다. 암바빨리는 밤새 행복하고 슬픈 감정에 휩싸여 자신을 가누지 못했다. 부처님께 아침공양을 올리고 오계五戒를 받은 것은 행복했지만 부처님과 곧 헤어지는 것은 슬픈 일이었다. 오계를 받은 어제 아침에 그녀는 자신이 소유한 망고동산을 기부하면서 부처님이 더 머물러 있기를 간청했지만 부처님은 미소로 거절했던 것

오계 불교도이면 재가자나 출가자 모두가 지켜야 하는 다섯 가지의 가장 기본적인 생활규범

이다.

　모닥불은 탁탁! 소리를 내며 새벽의 푸른빛이 돌 때까지 등불처럼 주위를 환하게 밝혔다. 아난다가 쇠똥과 나뭇가지를 모아 지핀 모닥불이었다. 붉은 벽돌로 지은 암바빨리의 저택을 나온 부처님이 망고동산에서 하룻밤 선정에 든 동안 새벽 무렵에 아난다가 능숙한 솜씨로 불을 피웠던 것이다. 불빛에 드러난 부처님의 모습은 여느 때와 달리 미묘했다. 선정에 든 고요한 모습 위에 또 다른 모습이 겹쳤다. 깊은 상념에 잠긴 인간의 모습이었다. 모닥불이 너울거릴 때마다 밝음과 어둠의 그림자가 얼굴에 나타났다. 위없는 행복과 어두운 고뇌가 함께 어렸다.

　'놀라운 일이다. 깨달은 세존께 무슨 인간적인 고뇌가 있단 말인가.'

　아난다는 모닥불에 나뭇가지를 던지면서 중얼거렸다. 부처님을 정면으로 응시하지 못하고 조심스럽게 훔쳐보았다. 아난다의 습관이었다. 부처님의 얼굴 뒤로 부드러운 빛이 나타날 때도 있었다. 흰빛이거나 노란빛이거나 분홍빛이었다.

아난다는 어느 때부터인가 부처님의 가르침을 절절하게 듣지 않았다. 자신보다 부처님의 가르침을 많이 들은 제자는 없을 것이라고 자만했다. 부처님에게 가끔 칭찬을 듣던 마하깟사빠大迦葉나 사리뿟따舍利弗도 자신보다 부처님의 가르침을 더 듣지는 못했을 것이라고 우쭐했다. 그것은 사실이었다. 누구도 부처님을 25년이나 시봉한 아난다를 따를 수는 없었다.

최근에 아난다는 부처님의 말씀을 귀 기울여 듣기보다는 부처님의 행동 하나하나에 더 관심을 가졌다. 부처님의 너그러운 태도와 세심한 입술의 움직임, 자애로운 눈빛과 손짓, 물 흐르는 듯한 걸음걸이 등을 닮는 것이 자신의 수행이라고 생각했다.

비구들이 망고동산 너머 안개 속에서 하나둘 모여들었다. 부처님께 아침 인사를 드리고 설법을 듣기 위해서였다. 비구들은 온 순서대로 부처님의 발에 입을 맞추었다. 부처님은 여전히 애틋한 상념에 잠겨 있었다.

나무 아래서 밤을 새운 비구들은 모닥불 가까이서 젖은 몸을 말렸다. 마른 쇠똥은 화력이 좋았다. 비구들은 순서대로 돌아가며 불을 쬤다. 부처님은 결코 서둘러 입을 열지 않았다. 모든 비구들이 젖은 몸을 말릴 때까지 기다렸다. 수수밭 위로 떠오른 해가 금싸라기 같은 빛을 뿌리는 것을 보고서야 부처님이 말했다.

"아난다여, 이제 벨루와 마을로 가자."

벨루와 마을은 음음한 대나무 숲 옆에 있고, 거기에는 작은 정사精舍도 있었다. 부처님은 대나무 잎에 떨어지는 빗소리를 사랑했다. 몇 달씩 이어지는 우기 내내 들어도 흐뭇해했다. 특히 부처님은 라자가하성王舍城의 죽림정사에서 들었던 대나무 잎에 떨어지는 빗소리를 잊지 못했다. 대나무들은 선정에 든 부처님 자신과 일체가 되었고, 빗소리는 가슴 저편의 영혼을 비질하는 느낌이었던 것이다.

잠시 후, 부처님은 모닥불을 쬐고 있는 비구들을 향해서도 말했다.

"비구들이여, 너희들은 웨살리성 밖으로 가는 것이 좋으리라. 그곳에서 우기를 지내도록 하라. 여래는 벨루와 마을에서 우기를 보내리라."

부처님은 비구들이 웨살리성 밖에서 각자 흩어지기를

원했다. 비구들이 한곳에 모여 탁발하게 되면 흉년을 맞이한 웨살리성 사람들의 부담이 커지기 때문이었다. 부처님도 이번 우기에는 아난다와 떨어져 홀로 정진하려고 했다.

비구들이 모두 가고 나서야 부처님이 일어났다. 그러자 타다 만 나뭇가지를 주우러 걸인들이 달려들었다. 걸인에게 마른 나뭇가지는 돈이었다. 마을에 들고 가면 바로 돈과 바꿀 수 있었다. 웨살리성 사람들은 친지가 죽으면 돈 대신에 나무를 들고 가기도 했다. 아난다가 부처님을 뒤따르며 어렵게 입을 열었다.

"세존이시여, 마음이 편치 않으십니까."

"아난다여, 그렇게 보이느냐."

"암바빨리에게 공양을 받으시고 난 이후 그렇습니다. 제가 세존을 잘못 보았다면 용서하십시오."

아난다는 부처님께 공연한 말을 건넸다는 듯 말꼬리를 흐렸다. 그러면서도 아난다는 이른 새벽에 보았던 부처님의 애틋한 고뇌를 머릿속에서 떨쳐 버리지 못했다. 20여 년 이상을 시봉한 제자로서 본능적으로 느꼈던 직감

● 웨살리 마을의 여인이 중각강당 터에서 땔감으로 소똥을 말리고 있다.

이었다.

'혹시 망고동산에 더 머물러 달라는 암바빨리의 제의를 거절한 안타까움 때문에 저러시는 것은 아닐까. 암바빨리의 마음을 슬프게 한 자책 때문에 저러시는 것은 아닐까.'

아난다의 마음을 훤히 보고 있는 부처님은 담담했다. 그리고 아난다가 머릿속에 담고 있는 것을 바로 이야기했다.

"아난다는 암바빨리를 생각하고 있구나."

"세존이시여, 그렇습니다. 슬퍼하는 암바빨리를 떠올리고 있습니다."

"아난다여, 너는 지금 슬퍼하는 암바빨리를 생각하고 있지만 여래는 그렇지 않다."

아난다는 성격이 여리고 동정심이 많았다. 동정심이 지나쳐 실수를 한 적도 여러 번 있었다. 아난다는 부처님이 망고동산에서 우기를 보낸다면 암바빨리가 얼마나 행복해할까 하고 생각했다. 부처님께 날마다 올리는 공양은 암바빨리의 몫일 것이었다. 부처님께 망고동산을 기부한 보람이 더없이 클 터였다. 그런데 부처님은 당장 벨루와 마을로 떠나려고 했다.

암바빨리가 어린 시절 망고동산에 버려졌던 고아라는 것을 웨살리성 사람들은 다 알고 있었다. 부호의 망고동산에 버려진 아기를 가난한 망고동산지기가 발견하여 키웠던 것이다. 처녀로 성장한 암바빨리는 총명하고 미모가 빼어나서 사내들이 서로 결혼하려고 다투었다. 암바빨리의 두 눈은 호수처럼 그윽했고, 젖가슴은 비단 사리를 뚫고 나올 듯 팽팽했다. 그러나 어리석은 사내들의 욕망을 본 암바빨리는 누구도 갖지 못하는 유녀가 되기로 결심했다. 마침내 암바빨리는 웨살리성에서 최고의 유녀가 되어 큰돈을 벌었고 자신이 버려졌던 망고동산을 사기에 이르렀다. 그녀는 웨살리성 사람들이 보란 듯이 자신의 미모를 자랑하며 화려한 마차를 타고 다녔다. 웨살리성의 번화한 거리에서 다른 귀족의 마차와 일부러 부딪치기도 했다.

"암바빨리가 망고동산을 기부한 일은 그녀의 인생을 여래에게 맡긴 것이나 다름없는 것이다."

"세존이시여, 그렇습니다."

아난다는 고개를 숙이고 대답했다.

"아난다여, 어제 아침에 우리는 암바빨리의 정성스런 공양을 잘 받았다. 암바빨리는 불자가 되겠다고 오계를 받았고 여래에게 망고동산을 기증했다. 암바빨리는 그 공덕으로 머잖아 출가할 것이다."

아난다는 또 한 번 놀랐다. 암바빨리가 출가할 것이라니 믿어지지 않았다. 아난다는 부처님의 말을 이해하지 못했다. 모든 귀족들이 사귀기를 원하는 암바빨리가 웨살리성을 떠나 비구니가 될 것이라고는 믿어지지 않았다. 보석으로 장식한 마차를 타고 다니기를 즐기는 암바빨리가 출가하여 아무것도 소유하지 않는 비구니가 된다는 것은 상상도 할 수 없었다. 그러나 부처님은 암바빨리의 앞날을 단정했다.

"암바빨리는 밤새 울었다. 그러나 그 눈물은 열반의 꽃이 될 것이다."

부처님의 말은 틀림없었다. 훗날 암바빨리는 두 아들이 먼저 출가한 뒤, 그녀도 비구니 수행자가 되어 깨달음을 얻었다. 비구니가 되어 자신의 아름다운 미모도 한때였다는 다음과 같은 무상無常의 시를 남기고 있는 것이다.

나의 머리카락은 검고 윤기가 흘러서 부드러웠습니다.
이제는 늙어 마치 삼麻 껍질처럼 딱딱합니다.
진리를 말하는 부처님 이야기는 모두 옳습니다.

나의 예전 젖가슴은 동그랗게 균형 잡혔고 위로 향했습니다.
지금은 물 없는 가죽 주머니처럼 쭈그러들어 아래로 처졌습니다.

진리를 말하는 부처님 이야기는 모두 옳습니다.

유녀가 출가하여 비구니가 된 예는 암바빨리가 처음은 아니었다. 까시국의 수도 와라나시에 살던 앗다까시가 있었다. 부호의 딸인 그녀는 암바빨리보다 미모가 더 빼어난 유녀였다. 교양도 있었고 노래와 춤도 뛰어났다. 그녀는 전생에 깟사빠부처님迦葉佛 아래서 수행하다가 어느 날 깨달음에 도달한 비구니를 '유녀'라고 비방했던 과보로 금생에 유녀가 됐다고도 했다.

그녀와 하룻밤 지내려면 까시국의 토지에서 거두어들이는 하루분 세금의 절반을 내야 했다. 그래서 그녀의 이름에 앗다(절반)가 붙었다. 그러니 부잣집 사내들은 그녀와 만나기 위해 재산을 탕진했고, 마침내는 까시국이 흔들렸다.

그러던 중 그녀는 우연히 부처님의 가르침을 듣게 되었는데, 자신의 아름다움이 죄악의 근원임을 알고 괴로워했다. 결국 그녀는 마가다국의 수도 라자가하성 비구니 정사로 들어갔다. 부처님을 만나 정식 비구니가 되고자 꼬살라국의 수도 사왓티성舍衛城 기원정사로 가려 했으나 호젓한 길목에서 사내들이 숨어 그녀를 납치하려고 했으므로 그녀는 부처님께 심부름꾼을 보낼 수밖에 없었다. 그러자 부처님은 라자가하성으로 그녀에게 비구니를 보내 구족계具足戒를 주도록 했다. 부처님이 자신을 대신하는 수행자를 보내 구족계를 준 최초의 예였다.

아난다는 미궁으로 빠져들었다.

'그렇다면 새벽에 보았던 세존의 인간적인 고뇌란 무엇이란 말인가.'

부처님의 걸음걸이는 예전 같지 않았다. 바람이 불면 곧 쓰러질 것만 같았다. 발목은 뼈가 드러나 보일 만큼 말라 있었고, 살가죽은 늙은 낙타 발처럼 거칠었다. 저 맨발로 수만 리의 거친 대지를 걷고, 강가강江의 뜨거운 모래밭을 걸었다니 믿어지지 않았다. 아난다는 부처님의 맨발을 보는 순간 목이 메어 눈길을 허공에 던졌다.

구족계 출가한 비구·비구니가 지켜야 할 계율. 이 계를 받기 위해서는 특별한 수계작법受戒作法을 필요로 하는데, 이를 통하면 불교교단에 들어감을 의미한다.

청춘 회상

 아난다는 우기의 비를 대비해서 부처님이 임시로 머무는 정사 움막 주위에 고랑을 팠다. 비가 샐 것 같은 움막에 이엉도 없었다. 아침 일찍 강변에서 소 치는 사람에게 갈대 이엉을 한 아름 얻어 왔던 것이다.

 부처님은 말없이 아난다의 행동을 지켜보기만 했다. 암바빨리의 망고동산에서 보았던 그 표정 그대로였다. 어찌 보면 늘 봐 왔던 일상의 몸짓이 한 켜 한 켜 사라지고 있었다. 현실과 초월의 경계를 넘나드는 부처님이었다.

 부처님은 아난다의 헌신을 언제까지나 잊지 않고 기억하려는 듯 아난다에게 고마워하는 눈길을 보냈다. 그럴 수록 아난다는 자신의 행동을 조심했다. 부처님의 휴식을 방해할까 봐 대나무 침상을 수리할 때도 소리 나지 않게 신경 썼다.

침상은 다리가 하나 부러져 있었고, 침상의 그물이 한두 가닥 풀어져 있었다. 아난다는 새끼줄을 구해와 수선했다. 항아리에 부처님이 갈증 날 때 마실 물도 채웠다. 다른 때 같으면 부처님께서 손수 할 수 있는 일들이었다. 부처님은 기력이 쇠진하여 나서지 않았다.

부처님은 '이제 여래는 굴러가기도 힘든 낡은 수레와 같다'는 생각을 하고 있었다. 부처님은 아난다가 그의 처소로 가고 난 뒤에야 침상에 앉았다. 쭈글쭈글한 과일 껍질처럼 마른 부처님의 살갗에 바람이 불어와 닿았다. 갑자기 축축해진 바람이었다. 곧 우기의 비가 간단없이 내릴 징조였다. 아난다가 수리해 놓은 침상의 그물은 느슨하지도 팽팽하지도 않았다. 가부좌를 틀고 선정에 드는 데 알맞은 탄력이었다.

움막의 천장은 빈틈없이 이엉으로 덮여 있었다. 이엉 다발은 비가 세차게 쏟아져도 새지 않을 만큼 촘촘했다.

부처님은 혼잣말로 중얼거렸다. 와라나시 부근의 마히강변에서 소 치는 다니야에게 불러 주었던 노래였다.

> 나는 성내지 않고
> 끈질긴 미혹도 벗어 버렸다.
> 마히강변에서 하룻밤 쉬리라.
> 내 움막은 드러나고
> 탐욕의 불은 꺼져 버렸다.
> 신이여, 비를 뿌리려거든
> 비를 뿌리소서.

부처님은 대나무 그림자처럼 희미하게 미소를 지었다. 사람들은 지붕에 이엉을 얹어 비를 피하려 하지만 부처님 자신은 마음을 닦아 삼독三毒의 비를 맞지 않는다는 노래였다. 그래도 부처님은 아난다의 시봉을 고맙게 생각했다. 아난다의 수고가 없었다면 움막은 우기 동안 비가 샐 것이었다. 이제 부처님은 너무 늙어 고랑을 파거나 사

삼독 불교에서 깨달음에 장애가 되는 근본적인 세 가지의 번뇌. 즉 탐욕・진에(瞋恚: 화냄)・우치(愚癡:어리석음)를 말하며, 줄여서 탐・진・치라고도 한다.

다리를 타고 지붕에 올라가 이엉을 얹을 힘도 없었다.

실제로 아난다가 정사를 떠난 며칠 뒤부터 부처님은 침상에 앉아 좌선을 지속하는 것조차 힘들어 했다. 기력이 더욱 떨어져 평안한 휴식조차 즐기지 못했다. 마을로 탁발을 나갈 수도 없었다. 마을 사람들이 가져온 음식마저도 먹을 수가 없어서 움막 주위의 대나무 숲에 찾아드는 까마귀들에게 주곤 했다.

부처님은 까마귀 울음소리를 듣고 나서야 가까스로 일어났지만 의식은 곧 혼미해지곤 했다. 무의식이 이끄는 기억들이 날벌레처럼 움막 천장을 날아다녔다. 손가락과 눈동자를 움직여 의식을 불러와도 오래가지 못했다. 무의식이 끌고 오는 지난 과거의 일들이 눈앞에 펼쳐졌다.

열두 살에 부왕 숫도다나를 따라 농경제에 참가했을 때 밭이랑 속에서 고물거리던 굼벵이가 나타났다. 흙 속에 숨어 있다가 부왕이 쟁기질을 하자 눈부신 세상 밖으로 나온 작고 하얀 굼벵이였다. 까삘라성迦毘羅城 왕족과 백성들은 부왕이 몸소 쟁기질하는 동안 박수를 치며 환호

했다.

　그러나 싯닷타 태자는 백성들이 부왕의 쟁기질을 보고 풍년을 기원할 때 뒤척이는 굼벵이에게서 시선을 떼지 못했다. 잠시 후 그 굼벵이는 순식간에 하늘을 날던 새의 먹이가 됐다. 싯닷타 태자는 굼벵이와 새에게 연민의 정을 느꼈다.

　'굼벵이는 왜 새의 먹이가 돼야 할까. 새는 왜 굼벵이를 먹어야만 할까. 새는 왜 굼벵이를 불행하게 해야만 할까. 새는 왜 굼벵이의 불행을 자신의 행복으로 여길까.'

　동정심이 많은 싯닷타 태자는 그 자리를 지킬 수 없었다. 농경제가 끝나고 백성들과 함께 먹을 산해진미도 그를 유혹하지 못했다. 그는 잠부나무 그늘로 갔다. 서늘한 그늘에 앉아서 명상에 잠겼다.

　'왜 강자는 약자를 먹이로 삼을까. 왜 왕족은 천민을 짐승처럼 함부로 다룰까. 왜 세상은 평등하지 못할까.'

　싯닷타 태자의 명상은 대지 너머로 해가 떨어질 때까지 이어졌다. 그는 잠부나무의 그림자가 길게 드리웠다가 스러질 때까지 일어나지 않았다.

● 부처님 진신사리가 발견된 까삘라성터

 부처님은 부왕의 슬픈 목소리가 들려 침상에서 일어났다. 누워서 듣기가 미안했다. 부처님 자신에게는 부왕을 깨닫지 못하게 한 빚이 있었다. 자신은 생로병사하는 이 세상 모든 생명들을 깨달음의 세계로 제도하겠다며 까삘라성을 떠났던 것이다. 부왕의 목소리는 처량했다.

 '태자여, 너는 화려한 왕궁보다는 성 밖의 잠부나무 그늘이 더 어울리는구나. 그것이 나를 슬프게 하고 두렵게 하는구나.'

부처님은 그때 왜 부왕이 슬프고 두려워했는지 연민의 정이 들어 잠시 합장했다. 자신은 부왕을 슬프고 두렵게 할 생각이 조금도 없었지만 부왕은 그런 감정에 빠져 괴로워했던 것이다.

부처님은 언젠가 비구들이 모인 자리에서 자신의 청춘을 회상한 일이 있었다.

"비구들이여! 여래는 비할 수 없을 만큼 호화로운 환경 속에서 자랐느니라. 부왕은 세 채의 별궁에 각각 청련靑蓮과 홍련紅蓮, 백련白蓮이 피어날 수 있는 연못을 각각 만들게 하였노라. 그것은 모두 오로지 여래를 위한 것이었느니라.

비구들이여! 여래는 오직 까시국에서만 나는 가장 고급스러운 전단향梅檀香을 몸에 발랐느니라. 또 여래는 모자뿐만 아니라 속옷이나 겉옷도 까시국에서만 생산되는 최고급품만 사용하였느니라. 뿐만이 아니니라. 비구들이여! 추위나 더위를 느끼지 않고, 먼지 묻히지 않고 풀에 닿지 않으며, 이슬에 젖지 않도록 밤낮으로 하얀 일산이 여래를 가렸느니라.

비구들이여! 여래에게 있던 세 채의 별궁은 각각 겨울, 여름 그리고 우기에 지낼 수 있도록 만들어졌느니라. 비구들이여! 거기서 여래는 넉 달 동안 우기에는 나오지 않고 오직 여인들과 함께 노래와 춤을 즐겼느니라.

비구들이여! 왕궁에서 일하는 하인들은 쉬어빠진 죽을 먹었지만, 부왕이 지어 준 별궁에서는 하인들도 쌀밥과 고기반찬을 먹었느니라."

부처님의 회고는 사실이었다. 태자 시절의 호화로운 생활을 강조하기 위해 과장된 얘기가 아니었다. 까삘라성 안에 지은 세 채의 별궁은 부인을 세 명이나 두었다는 말이기도 했다. 물론 부왕의 강요도 있었고, 태자가 선택한 여인도 있었다. 부왕은 태자를 왕궁에 묶어 두고 왕위를 잇게 하기 위해 강제로 결혼을 시켰던 것이다.

고삐라는 여인이 그랬다. 부왕이 서둘러 태자비를 정하려고 하자, 싯닷타 태자는 금 세공인을 불러 자신이 원하는 여인상을 새기게 했다. 그는 부왕에게 그런 여인이 나타나면 결혼하겠다고 했다. 불가능한 조건을 제시했지만 부왕의 명을 받은 브라만은 까삘라성 거리에서 그와 같은 여인을 발견하고 부왕에게 보고했다. 그 여인이 바로 부호 단다빠니의 딸 고삐였다. 태자가 당시 풍습에 따라 고삐의 목에 예물로 목걸이를 걸어 주려 하자 고삐는, "저는 태자님의 목걸이를 받지 않아도 좋습니다. 제가 가진 덕으로 태자님을 장식해 주고 싶습니다." 하고 고운 마음씨를 드러냈다.

부처님은 엷은 미소를 짓다가 눈을 껌벅거렸다. 갑자기 눈앞에 나타난 환영이 고삐의 전생으로 옮겨갔다. 중생들의 전생을 볼 수 있는, 즉 천안통天眼通이 열린 부처님에게는 가능한 일이었다. 부처님은 팔베개를 하고 침상에 다시 누웠다.

디빵가라부처님燃燈佛이 세상에 출현한 때였다. 산에서 정진하던 한 보살이 부처님을 뵙고자 정사로 찾아왔다. 보살은 정사 앞에서 한 여인으로부터 연꽃을 사서 부처님에게 바쳤다. 그런 뒤 부처님에게 다음 생에서는 부처님의 아내가 되겠다고 기도했다. 그 보살이 바로 고삐였다.

부처님은 고삐를 애틋하게 쳐다보았다. 아들을 낳지 못하여 야소다라에게 태자비의 자리를 내줬지만 친절했던 고삐는 두 번째 부인이었던 야소다라를 친동생처럼 보살펴 주었던 것이다. 부처님은 고삐를 보고는 얼굴에 쓸쓸한 그늘을 지었다. 성도 후, 그녀에게 깨달음을 주기 위해 까삘라성을 찾았을 때 그녀는 이미 죽고 없었던 것이다. 그래도 불행 중 다행인 것은 그녀가 살아생전의 공덕으로 지금은 삼십삼천三十三天에 올라 있다는 사실이었다.

부처님은 야소다라가 보이자 허허롭게 미소를 지었다. 야소다라는 라훌라의 어머니로서 자존심이 강한 여자였다. 부처님이 태자였을 때 숩빠붓다왕의 딸 야소다라는 태자에게 따진 일도 있었다. 태자가 여인들을 불러 보석바구니를 다 주고 나자 야소다라에게는 줄 것이 없었다. 까삘라성에 늦게 도착한 야소다라의 지각이 보석바구니를 받지 못한 이유였지만 야소다라는 그런 것에 개의치 않았다. 태자가 보석바구니 대신 자신의 옷에 붙어 있는 보석을 떼어 주려 하자 야소다라는 도도하게 말

삼십삼천 불교에서 말하는 욕계欲界 6천六天의 제2천. 도리천이라고도 한다.

● 부처님이 출가 전에 싯닷타 태자로 살았던 까삘라성

했다.

"저에게 창피를 주시려고 그럽니까. 저는 옷에 붙어 있는 보석을 받지 않겠습니다. 제 몸으로 태자님의 몸을 장식해 드리겠습니다."

출가한 남편을 원망하던 야소다라는 성도한 부처님이 까삘라성에 왔을 때 아들 라훌라를 인사시킨 뒤 "저에게 물려줄 유산이 무엇입니까." 하고 묻게 한 적도 있을 정도로 현실적인 여인이었다.

세 번째 부인은 노래를 잘하는 므리가자였다. 태자가 마차를 타고 거리를 지나갈 때 태자를 찬탄하는 노랫소리가 들려와 태자는 마차를 멈추게 하고 므리가자에게 진주목걸이를 주어 청혼했던 것이다.

부처님은 므리가자의 노랫소리를 들으며 흥얼거렸다. 그러나 그 소리는 부처님의 마른 입술 밖으로 새어나오지 못했다. 부처님이 마음속으로 부르는 노래였다. 부처님은 출가할 때 그녀를 보지 못하고 떠난 것이 두고두고 마음에 걸렸다. 이후 그녀는 어디론가 사라져 버렸고 그래서 부처님은 지금도 그녀의 아름다운 노랫소리를 기억하며 측은해할 뿐이었다.

부처님은 므리가자의 노랫소리가 점점 빗소리로 바뀌는 것을 의식하고 나서야 침상에서 일어났다. 드디어 우기가 시작되고 있었다. 세찬 빗줄기가 정사 옆 대나무 숲을 때리고 있었다. 부처님은 밖으로 나가 두 손으로 빗줄기를 받았다. 손아귀에 든 빗물로 메마른 입술을 적셨다. 잠시 혼미했던 의식이 깨어났다. 차가운 빗줄기는 부처님의 얼굴뿐 아니라 온몸을 적셨다.

그런데 그날 밤 부처님은 오한이 들어 잠을 이루지 못했다. 밤새 대나무 숲에 떨어지는 빗소리를 들으며 베란다 밖의 어둠과 함께 보냈다. 양털처럼 따뜻한 어둠이 부처님의 외로움을 감싸 주었다. 때로는 어둠도 달콤한 잠을 이루게 한 삶의 고마운 동반자였던 것이다.

사리뿟따와 목갈라나

아난다는 벨루와 마을로 나가 탁발하면서 사람들로부터 불길한 얘기를 들었다. 며칠째 부처님이 마을로 탁발하러 오지 않는다는 얘기였다. 부처님에게 무슨 변고가 생긴 것일까. 아난다의 머릿속은 갑자기 복잡해졌다. 암바빨리에게 기증받은 망고동산에서 보았던 부처님의 모습이 다시 어른거렸다. 부처님의 자비로운 눈빛 너머의 그림자 같은 우수를 보았던 것이다.

'제자들을 향한 맑은 슬픔이 아니라 당신의 생을 되돌아보며 우울한 근심에 잠겼던 것은 아닐까. 깨달은 분에게도 아쉬움 같은 감정은 있을 테니까.'

물론 두 가지 모두가 원인일 수도 있었다. 제자들과 자신을 응시하는 연민의 그림자일 수도 있었다. 특히 부처님은 자신보다 나이는 어리지만 벗 같고 선지식 같은 두 제자 사리뿟따와 목갈라나를 잃었던 것이다. 그들에게서 세상 인연이 다했음을 보고 그들의 입적을 허락했지만 교단을 이끌어 왔던 그들을 잃어버린 상실감은 자못 컸다. 뿐만 아니라 가르침을 받을 사람은 아직도 많은데, 부처님 자신의 육신이 너무 늙어 있다는 사실은 문득 바람이 스치듯 가슴을 허전하게 했다. 그렇다고 생을 더 연장한다는 것은 무의미했다. 부처님에게는 영원한 진리만 존재할 뿐, 생과 사는 중생의 몸으로 오고가는 방편에 지나지 않기 때문이었다.

아난다는 자신의 처소로 돌아오면서 하마터면 넘어질 뻔했다. 익숙한 길이었지만 돌부리에 걸려 곤두박질쳤다. 발가락 하나가 부러져 피가 흘렀다. 그런데도 아난다는 부처님의 건강을 헤아리면서 중얼거렸다.

'내가 괜히 걱정하고 있는 것은 아닐까. 그동안 암바빨리가 공양을 올렸을지도 모른다. 이제 암바빨리도 부

처님의 제자가 아닌가.'

그런 생각에 미치자 마음이 조금 진정되었다. 암바빨리의 집이 있는 웨살리성 거리에서 벨루와 마을까지는 수레로 한나절이면 닿을 수 있는 거리였다. 암바빨리가 마음을 내기만 하면 수시로 공양물을 나를 수 있을 터였다.

아난다는 자신의 처소에 들어와서야 비로소 편안한 마음으로 공양을 하고, 한동안 명상도 했다. 그러나 발가락에 약을 바르고 난 뒤부터 다시 불안해졌다. 진정 약이 필요한 사람은 자신이 아니라 부처님일지도 모른다고 생각했다.

암바빨리는 부처님의 움막만 들를 리가 없었다. 자신의 처소에 들르지 않고 갔다는 것은 있을 수 없는 일이었다. 그녀가 부처님을 만나러 오는 까닭은 공양도 올리고 가르침도 듣기 위해서였을 텐데, 항상 친견親見은 아난다를 통해서 이루어지곤 했던 것이다. 부처님을 바로 친견한다는 것은 무례한 일로, 암바빨리는 예의를 어길 여인이 아니었다.

'그렇다면 세존께서는 왜 며칠째 탁발을 나오지 않으

신 것일까.'

아난다의 생각은 다시 원점으로 돌아갔다. 마음도 다시 혼란스러워졌다. 마음이 답답해지자 상처 난 발가락의 통증이 더 크게 느껴졌다. 발가락이 부러진 탓인지 발등이 두꺼비처럼 부풀어 올랐다. 상처가 악화된다면 걸을 수 없게 되므로 어쩌면 앞으로 부처님을 시봉하지 못할 수도 있었다.

아난다는 문득 지혜롭고 용모가 단정한 사리뿟따와 눈썰미가 뛰어난 목갈라나木連가 그리웠다. 아난다가 병들어 누울 때는 그들 중 한 사람이 돌아와 부처님을 시봉했던 것이다. 사리뿟따는 사왓티성 기원정사에서, 목갈라나는 라자가하성 죽림정사에서 부처님을 시봉한 적이 많았지만 이제 그들은 이 세상에 없었다.

아난다는 부처님이 날란다 마을에서 석 달 동안 머문 까닭을 누구보다도 잘 알고 있었다. 부처님은 제사를 주관하는 브라만이 주민들을 종처럼 부리는 날란다 마을에서 석 달 동안 머물다가 웨살리성으로 왔던바, "날란다 주민들에게 바른 가르침을 펴달라."는 사리뿟따의 간곡

●부처님이 정각을 이룬 뒤 처음으로 머무셨던 라자가하성 죽림정사

한 부탁을 외면할 수 없었던 것이다.

날란다.

마가다국의 수도인 라자가하성 부근에 있는 마을 이름으로 사리뿟따가 태어난 고향이었다. 사리뿟따는 날란다 마을에서 드넓은 토지를 소유한 부자 브라만의 장자로 태어났던 것이다. 사리뿟따의 일생을 요약하자면 다음과 같다.

그의 원래 이름은 우빠띳사였으나 출가 후에는 어머니

이름인 사리를 따서 사리뿟따로 불렸다. 그는 여덟 형제 중에서 가장 총명하여 브라만의 성전인 네 가지 베다를 모두 익혔고, 예술에도 뛰어난 재능이 있어 가족과 친지들을 놀라게 했다. 훗날 출가한 그는 타고난 천재성을 발휘하여 부처님의 10대 제자 중에 '지혜제일'로 불리며 교단을 이끄는 핵심적인 인물이 됐다.

한편, 사리뿟따의 어린 시절 친구였던 꼴리따는 날란다 마을에서 가까운 꼴리가 마을에 살았다. 그도 훗날 출가하여 부처님의 제자 중에서 '신통제일'이 되었으며 목갈라나라고 불렸다. 어린 목갈라나 역시 탐구심이 강하여 신통을 부리는 것까지 공부하였고 사리뿟따와 평생 동안 우정을 나누는 친구로 지냈다.

두 사람은 어느 날 라자가하성 부근에서 치러지는 브라만교의 제사인 산정제山頂祭를 구경하러 갔다. 산정제는 모든 브라만교도들이 모이는 축제였다. 산정제가 열리는 날에는 브라만교를 믿는 라자가하성 사람들이 구름처럼 몰려들었다. 브라만이나 부자 상인들은 얼굴에 붉은색과 노란색 그리고 흰색을 칠한 채 코끼리나 마차를 탔고, 보통 사람들은 손뼉을 치면서 뛰거나 걸어서 제사를 치르는 산자락으로 모여들었다.

사람들은 악사들이 연주하는 음악에 따라 춤을 추고 노래를 불렀다. 춤과 노래에 취해서 정신을 놓아 버리기도 했다. 어린 사리뿟따와 목갈라나도 처음에는 사람들과 함께 어울렸으나 나중에는 시들해져 고개를 저었다.

광란에 가까운 산정제는 종일 계속되었다. 제사가 절정에 달하자 모든 사람들이 미친 듯 날뛰며 춤을 추었다. 사리뿟따는 그들을 보면서 생각에 잠겼다.

'지금 미친 듯 날뛰며 춤추고 있는 저 사람들이 백 년 후에도 과연 살아남아 저럴 수 있을까.'

사람들이 당장 죽을지도 모르고 등불 속으로 날아드는 불나방처럼 보였다. 백 년 후에는 아무도 살아남아 있지 않을 텐데, 사람들은 백 년을 살 것처럼 미친 듯 광란의 춤을 추고 괴성을 지르고 있었다.

목갈라나도 사리뿟따와 같은 생각을 했다. 정신없이 춤추고 노래하는 사람들을 보면서 무상함을 느꼈다.

'춤추고 노래하는 것이 아무리 즐겁더라도 지금 이 순

●축제에 참가하기 위해 분장한 힌두교 사두

간뿐이 아닌가. 저것은 무상할 뿐 영원한 행복이 아니다. 변함없는 진리를 깨닫기 위해서는 출가하여 수행하는 것밖에는 도리가 없지 않은가.'

두 사람은 출가하기로 맹세하고 헤어졌다. 사리뿟따는 집으로 돌아와 부모에게 자신의 결심을 말했다. 그러나 부모는 단번에 거절했다.

"너는 우리 브라만 가문을 이어갈 장남이다. 조상에게 제사를 지내야 할 책임도 있다. 그러니 너는 출가를 해서는 안 된다."

그래도 사리뿟따는 자신의 의지를 굽히지 않았다. 방문을 잠그고 단식을 하면서 호소했다. 7일 동안 아무것도 먹지 않고 간청하자 부모는 출가를 허락하고 말았다. 이웃 마을에 살던 목갈라나도 사리뿟따처럼 부모를 설득하여 출가했다.

두 사람은 라자가하성에서 가장 유명한 스승인 산자야 문하로 들어가 수행했다. 그런데 두 사람은 7일 만에 산자야가 가르치는 경지에 도달했다. 산자야의 5백 명 제자들 중에서 절반 정도나 두 사람을 흠모하는 무리가 생길

●부처님의 첫 제자들인 다섯 명의 비구

정도로 산자야에게 더 배울 것이 없어져 버렸다. 이윽고 두 사람은 '완전한 마음의 평안'을 얻기 위해 더 뛰어난 스승을 찾아 나섰다.

결국 사리뿟따는 부처님의 첫 제자들인 다섯 비구 가운데 한 사람인 앗사지馬勝를 만났다. 앗사지는 전법하라는 부처님의 지시를 받고 라자가하성으로 먼저 들어와 있었던 것이다. 사리뿟따는 탁발하는 앗사지의 모습이 매우 위엄이 있어 보였으므로 그에게 말을 걸었다.

"수행자여, 당신의 스승은 어떤 분이십니까."

"부처님이시지요."

"부처님은 무엇을 가르치십니까."

"부처님의 많은 가르침 중에서 나의 눈을 뜨게 해 주었던 가르침은 이와 같은 말씀이었소."

앗사지가 부처님의 시구를 읊었다.

> 여래는 설하셨네.
> 모든 존재는 원인에서 생긴다고.
> 위대한 사문은 설하셨네.
> 모든 존재가 소멸하는 법을.

사리뿟따는 시구를 듣고 나서 번갯불이 번쩍하는 것 같은 찰나에 연기緣起의 진리를 볼 수 있는 눈이 열렸다. 사리뿟따는 곧 부처님을 친견하고 싶어 물었다.

"수행자여, 부처님은 지금 어디에 계십니까."

연기 모든 현상은 무수한 원인因과 조건緣이 상호 관계하여 성립되므로, 독립·자존적인 것은 하나도 없고, 모든 조건·원인이 없으면 결과果도 없음.

"죽림정사에 계신다오."

사리뿟따는 목갈라나를 만나 앗사지에게 들었던 시구를 들려주었다. 그러자 목갈라나도 눈이 열렸다. 진리를 볼 수 있는 법안法眼이 생긴 것이다. 두 사람은 함께 부처님의 제자가 되기로 했다. 두 사람은 산자야에게 가 그를 설득했으나 실패했다. 다만 산자야 제자 중에서 그들을 따르던 250명만 데리고 죽림정사로 가 부처님에게 귀의했다. 그때 이미 죽림정사에는 1천 명의 수행자들이 있었는데, 그들은 모두 부처님의 가르침을 듣고 귀의한 깟사빠 삼형제의 제자들이었다. 순식간에 부처님의 제자들은 1,250명이 돼 버렸고 큰 교단이 형성되었다.

사리뿟따와 목갈라나에 대한 부처님의 신뢰는 절대적이었다. 데와닷따를 따르는 여러 무리들이 박해를 가해 왔을 때 잠시 흔들리는 교단을 지켜낸 이도 그들이었다. 그 밖에도 라자가하성에는 집장외도執杖外道가 있었는데, 그들 무리는 부처님의 교단을 음해하고 어떤 경우에는 폭력을 행사하기 일쑤였다.

어느 날 목갈라나도 그들에게 붙잡혀 몽둥이로 맞았

다. 뼈가 부러지고 살점이 떨어져 나갔다. 사리뿟따가 죽어가는 목갈라나에게 달려가 말했다.

"벗이여, 그대는 왜 신통을 부릴 줄 알면서도 그 자리를 피하지 않았는가."

"걱정하지 말게. 나는 전생에 부모를 괴롭힌 적이 있다네. 지금 그 과보를 받고 있을 뿐이라네."

전생의 과보를 받는다는 대답에 사리뿟따는 할 말을 잃었다. 사리뿟따는 목갈라나가 없는 세상은 상상도 할 수 없었다. 목갈라나가 있으므로 자신이 있었고, 목갈라나가 간다면 자신도 가야 했다. 사리뿟따와 목갈라나의 특별한 인연이었다. 사리뿟따가 목갈라나를 위로했다.

"우리는 함께 출가하여 세존의 제자가 되었지. 모두가 깨달음을 얻었으니 이제 함께 죽어도 좋겠군. 벗이여, 세존께 허락을 받아오겠네."

사리뿟따는 죽림정사로 돌아가 부처님의 허락을 받아냈다. 두 제자를 보낸다는 것이 안타까웠지만 지혜의 눈으로 보니 그들은 이미 세상의 인연이 끝나가고 있었던 것이다. 입적은 사리뿟따가 먼저 맞이했다.

●날란다 대학 유적지 안에 있는 사리뿟따 사리탑

사리뿟따는 고향 날란다 마을로 돌아가 친지들에게 부처님의 가르침을 설하고 조용히 눈을 감았다. 목갈라나 또한 사리뿟따가 입적했다는 소식을 듣고 자신의 고향 꼴리가 마을로 돌아가 고향 사람들에게 부처님의 가르침을 설한 뒤 눈을 감았다.

그들은 출가는 물론 입적까지도 부처님의 허락을 받았던 제자들이었다. 불교 교단이 형성된 이후 최초의 일이었다. 아난다가 그들을 뛰어넘을 수 없는 것은 바로 그런 점이었다. 그렇다고 아난다에게 제자로서의 자부심이 없는 것은 아니었다. 어느 제자보다도 부처님의 가르침을 많이 들었고, 또한 기억하고 있었다. 그래서 아난다는 부처님의 10제자 중에서 '다문제일多聞第一'로 불렸던 것이다.

우기의 빗줄기가 다시 쏟아졌다. 아난다는 축축한 공기 때문에 더 우울해졌다.

'지금 이 순간 사리뿟따 존자나 목갈라나 존자라면 어땠을까. 그분들은 미루는 법이 없었지.'

갑자기 아난다는 부끄러웠다. 발에 난 상처를 핑계 대며 날이 밝기를 기다리고 있는 자신이 초라했다. 아난다는 침상에서 뒤척이다가 일어났다. 사리뿟따와 목갈라나가 떠올라 잠을 잘 수 없었다. 아난다는 한밤중이었지만 외출을 준비하며 장삼과 가사를 챙겼다. 부처님의 건강이 걱정되어 더 이상 누워 있을 수 없었다.

비는 여전히 줄기차게 쏟아지고 있었다. 아난다는 움막 밖으로 나갔다. 순식간에 옷이 젖어 버렸다. 그래도 아난다는 퍼붓는 비를 맞으며 부처님의 움막을 향해서 걸었다. 천둥 번개가 쳤다. 대나무 숲 사이로 걷는 아난다의 모습은 쫓기는 들짐승처럼 어둠 속에서 드러났다가 사라지곤 했다.

마하깟사빠의 충고

바람이 고통스런 소리를 내지르며 불었다. 빗줄기도 더욱 거세졌다. 비는 아난다가 눈을 뜰 수 없을 정도로 쏟아졌다. 벨루와 마을로 난 좁은 길이 뱀처럼 번들거렸다. 아난다는 더 걷지 못했다. 부러진 발가락의 통증 때문이 아니었다. 아난다는 벌써 자신의 발가락이 부러진 것조차 잊고 있었다. 아난다의 머릿속에는 온통 부처님 뿐이었다.

아난다는 소 치는 목동이 버리고 간 빈 움막으로 들어갔다. 마을로 탁발을 다니던 중에 보았던 빈 움막이었다. 천둥 번개가 치자 빈 움막 안의 것들이 드러났다. 깨진 토기 조각들이 뒹굴고 있었다. 빗물이 뚫린 지붕으로 줄줄 새어 움막 바닥은 흥건했다. 아난다는 움막 한쪽의 흙으로 만든 침대로 올라가 가부좌를 틀었다.

아난다는 부처님을 위해 합장하면서 기도했다. 부처님이 무사하기를 빌며 부처님에게 변고가 없기를 바랐다.

'세존이시여, 이 세상에 당신이 안 계신다는 것은 상상조차 할 수 없는 일이나이다. 부디 거룩한 당신에게 아무 일도 없기를 바라나이다.'

부처님은 아난다에게 어둔 마음을 늘 환하게 밝혀 주는 등불이었다. 실제로 아난다는 어느 날 부처님에게 '당신은 나의 등불'이라고 고백한 적도 있었다. 부처님의 말과 행동은 아난다를 행복하게 했다. 부처님 또한 아난다의 정성스런 시봉을 고마워했다.

아난다는 부처님과 헤어지는 것을 잠시도 견디지 못했다. 그래서 기원정사에 보리수 한 그루를 심었던 것이다. 그때 아난다는 우기가 끝나갈 무렵 기원정사를 떠나게 될 부처님에게 "세존께서 계시지 않는 동안에는 무엇을 세존처럼 생각하고 바라봐야 합니까." 하고 물었던바 부처님으로부터 다음과 같은 대답을 듣고 수닷따 장자에게 말해 주었던 것이다.

"아난다여, 여래를 생각나게 하는 것으로 사리탑과 여래의 발우나 가사, 그리고 등상불^{等像佛}이 있느니라. 그러나 사리탑은 여래가 열반에 든 후에 생길 것이고, 등상불은 지금 만들어진 것이 없느니라. 그러니 여래가 없는 동안 군이 참배할 대상이 필요하다면 여래가 정각을 이루었던 자리의 보리수가 합당할 것이니라."

아난다는 가끔 전생에도 자신이 부처님의 분신이 아니었을까 하고 생각했다. 아난다는 부처님과 함께 있을 때 삶의 기쁨을 느꼈다. 그 어떤 일보다 부처님을 시봉하는 순간이 가장 행복했다. 부처님이 빛이라면 자신은 그림자였다. 빛이 사라지면 그림자도 사라지듯 부처님에게 무슨 변고가 생긴다면 자신에게도 무슨 일이 생길 것만 같았다.

아난다는 극도로 초조했다. 비를 맞아 춥기도 했지만 몸에서 체온이 빠져나가는 듯 오들오들 떨렸다. 부처님에게 무슨 일이 생겨 홀로 있을지도 모른다는 생각이 들

부처님이 정각을 이룬 곳. 마하보디 대탑 왼쪽 보리수 밑이 정각을 이룬 장소다.

자 몹시 허전했다. 너무 허망해서 무력감이 들었다.

문득 깃자꾸따산靈鷲山 동굴에서 정진하고 있는 마하깟사빠가 생각났다. 마하깟사빠가 언젠가 부처님을 뵈러 왔다가 아난다를 보고서는 지금의 아난다의 심정을 예견이라도 한 듯 다음과 같이 충고했던 것이다.

"아난다, 세존께서는 그대의 시봉을 고맙게 생각하고 있다오. 그러나 그보다는 정진을 잘하여 아라한이 되는 것을 더 원하고 있다오."

"나는 까삘라성의 사꺄족이자 세존의 사촌동생으로서 거룩한 세존을 모시고 있는 것만으로도 행복하다오. 이보다 더 행복한 삶이 어디 있겠소."

"아난다, 세존이 열반에 드신다면 그대는 어디서 진정한 행복을 찾으려 하오. 해탈하지 못하고, 그때 후회한들 너무 늦지 않겠소."

"나도 아라한과를 얻을 수 있소. 세존께서 어떻게 정각

아라한 불제자들이 도달하는 최고의 계위階位. 교학敎學에서는 성인을 예류預流 · 일래一來 · 불환不還 · 아라한阿羅漢의 사위四位로 나누어 아라한을 최고의 자리에 놓고 있다.
아라한과 더 이상 배우고 닦을 만한 것이 없으므로 무학無學이라고 하며, 그 이전의 계위는 아직도 배우고 닦을 필요가 있는 단계이므로 유학有學의 종류로 불린다.

을 이루셨는지 나는 세존의 가르침을 하나도 빠짐없이 다 기억하고 있다오. 나보다 더 세존의 가르침을 알고 있는 제자가 어디 있겠소."

아난다는 아직 아라한은 아니었다. 그러나 아난다는 아라한이 되는 수행 방법을 누구보다 잘 알고 있었다. 부처님이 정각을 이루기까지의 단계를 자신에게 자주 들려주었기 때문이었다. 그래서 아난다는 아라한이 되는 것을 부러워하지 않았을뿐더러 서둘지도 않았다. 부처님이 살아 계실 때 언제든지 자신이 결심만 하면 아라한과를 얻을 수 있을 것이라고 자만하고 있었다.

아난다는 가부좌를 한 채 부처님이 설한 가르침을 떠올렸다.

부처님은 이따금 비구들에게 까삘라성을 나와 출가한 자신이 웨살리성에서 첫 스승 알라라깔라마를 만난 뒤 얻은 첫 경지를 들려주곤 했던 것이다. 아난다는 부처님이 설했던 가르침을 놀라운 기억력으로 하나도 놓치지 않고 낱낱이 떠올렸다.

"출가자가 된 여래는 선善을 구하고 더없이 뛰어난 적정寂靜의 길을 구하고자 알라라깔라마를 찾아가서 이렇게 말했느니라.

'알라라깔라마여! 나는 당신의 가르침과 율을 청정하게 닦고자 합니다.'

비구들이여, 여래가 이렇게 말하자 알라라깔라마는 다음과 같이 대답하였느니라.

'그대여, 이곳에서 머물도록 하오. 이곳에 머문다면 지혜로운 사람은 스승과 같은 경지를 이해하고 체득하고 진실을 얻을 것이오.'

비구들이여, 여래는 바로 그의 가르침을 닦아 이해하고 체득하고 진실을 얻었느니라. 그때 여래는 단지 입으로만 '나는 이해했다', '나는 체득했다' 라고 말했는데, 어느새 모든 사람이 인정하였느니라.

그런데 비구들이여, 그때 여래에게는 이런 생각이 떠올랐느니라.

'알라라깔라마는 그의 가르침을 단지 믿음만으로 말하는 것이 아니라 실제로 이해하고 체득한 경지일 것이다'라고.

그래서 여래는 알라라깔라마가 있는 거처로 가서 이렇게 말했느니라.

'알라라깔라마여, 어느 경지의 가르침을 이해하고 체득하고 진실을 얻었기에 나에게 말하는 것인가.'

비구들이여, 이렇게 말하자 알라라깔라마는 여래에게 어떤 존재도 없다는 것을 깨닫는 선정의 경지, 즉 무소유처정無所有處定을 말해 주었느니라.

비구들이여, 그때 여래는 이런 생각을 하였느니라.

'알라라깔라마만 믿음이 있고, 정진이 있고, 생각이 있고, 정이 있고, 지혜가 있는 것이 아니다. 나도 그 모든 것이 있다. 그렇다면 나도 그의 가르침을 이해하고 체득하도록 정진하자.'

비구들이여, 그리하여 여래는 곧바로 그의 가르침을 이해하고 체득하고 진실을 얻었느니라. 비구들이여, 여래는 그때 알라라깔라마의 거처로 가서 이렇게 말했느니라.

무소유처정 무색계無色界의 선정 중 한 단계. 아무것도 없는 것으로 보는 경지

'알라라깔라마여, 당신은 가르침의 경지를 어느 정도 이해하고 체득하고 진실을 얻었다고 말할 수 있는가.'

'그대여, 나는 나의 가르침을 명확히 이해하고 체득하고 진실을 얻었다.'

'알라라깔라마여, 나도 또한 당신의 가르침을 명확히 이해하고 체득하고 진실을 얻었다.'

그러자 알라라깔라마는 말했느니라.

'그대여, 구도의 길에서 함께 수행하는 우리는 행복하도다. 나의 가르침을 그대도 이해하고 체득하고 진실을 얻었도다. 그대여, 지금 오라. 우리 두 사람이 힘을 모아 이 교단을 통솔하도록 하자.'

비구들이여, 알라라깔라마는 여래의 스승이면서도 제자인 여래를 자신과 동일하게 인정했을 뿐만 아니라 여래를 최대한 예우하여 공양을 올렸느니라. 그러나 비구들이여, 그때 여래는 이렇게 생각했느니라.

'어떤 것도 존재하지 않는다고 깨달은 선정의 경지는, 아직 그것을 넘어서는 경지로 인도하지 못한 선정의 경지이고, 욕망을 멸하지 못한 선정의 경지이고, 정각과 열

반으로 인도하지 못한 선정의 경지다.'

비구들이여, 여래는 그의 가르침을 더 존중할 수 없었고 만족하지 못해서 그곳을 떠났느니라."

아난다는 부처님이 알라라깔라마를 만나 처음으로 깨달은 경지가 무소유처정이라는 것을 잘 알고 있었다. 그리고 부처님이 마가다국의 수도 라자가하성으로 가서 두 번째 만난 스승 웃다까라마뿟따에게서 첫 스승 알라라깔라마 때와 같은 논리적인 문답으로 확인한 경지가 비상비비상처정非想非非想處定이라는 것도 잊지 않았다. 즉 그 단계는 '존재相가 없다고 깨닫는 선정의 경지'를 초월한 '존재相는 물론 비존재非相마저 없다고 깨닫는 선정의 경지'였다. 그러나 무소유처정이나 비상비비상처정의 경지는 내가 있으므로 생기는 경지일 뿐이었다. 내가 없다면 그러한 경지도 없어지고 말 것이었다. 부처님은 그러한 경지 너머를 깨닫고 싶어 전정각산 유영굴로 들어가 6년

비상비비상처정 무색계無色界의 선정 중 한 단계. 생각이 있는 것도 아니고 없는 것도 아닌 경지. 최상의 단계인 멸진정의 바로 앞 단계이다.

동안 고행을 했던 것이다. 그리고 난 뒤, 극단을 버리는 중도를 받아들이고 수자따의 우유죽 공양으로 힘을 낸 뒤 우루웰라 마을의 보리수 아래로 나아가 앉아서 초저녁에는 업에 따라 살아가는 중생들의 모습을 훤히 보는 천안통天眼通을, 한밤중에는 중생들의 무수한 과거의 생애가 보이는 숙명통宿命通을, 새벽에는 인간적인 미혹의 번뇌가 말끔하게 사라지고 무의식보다 깊은 곳에 붙어 있는 미세한 번뇌로부터 해탈하는 누진통漏盡通을 얻어 위없는 깨달음을 이루었던 것이다.

그러나 일찍이 마하깟사빠가 충고했던 것처럼 알고 기억하는 것과 실제로 수행하는 것은 달랐다. 그런데도 아난다는 부처님을 늘 곁에서 시봉하고 있으므로 언제든 작심만 하면 아라한과를 얻을 수 있다고 자만했다.
'그런데 이상한 일이다. 지금 나는 분명 무언가 두려워하고 있다. 정말 세존께 무슨 변고가 있단 말인가.'
아난다는 현기증을 떨쳐 내기라도 하듯 고개를 세차게 흔들었다.

●마하보디 대탑 안에 봉안된, 정각을 이룬 부처님상

'아무 일도 없겠지. 언젠가 세존께서 내게 말씀하시지 않았던가. 당신을 시봉한 더없는 공덕을 지었으니 앞으로 정진만 한다면 머잖아 아라한의 경지에 도달할 것이라고.'

빗줄기가 가늘어지자 아난다는 움막을 나섰다. 천둥 번개도 잦아들었다. 아난다는 잰걸음으로 걸으면서 후회했다. 부처님이 이번 우기처럼 각자 홀로 정진하라고 지시해도 다시는 부처님 곁을 떠나지 않으리라고 결심했다.

홀로 가는 수행자

아난다는 걸음을 멈추었다. 부처님이 머물고 있는 작은 정사의 베란다는 환했다. 베란다에서 모닥불이 타고 있었다. 모닥불을 사이에 두고 두 사람이 마주 앉아 있었다. 비가 들이치지 않은 안쪽에 부처님이 앉아 있었고, 다른 한쪽에는 한 수행자가 등을 보이고 있었다. 모닥불은 축축한 공기 탓에 곧 꺼질 것만 같았다.

아난다는 안도했다. 부처님이 홀로 있지 않고 한 수행자의 시봉을 받고 있다는 것에 마음이 놓였다. 불빛에 드러난 부처님의 얼굴은 편안해 보였다. 불을 쬐기 위해 뻗은, 앙상한 나뭇가지 같은 두 손도 살아 있었다. 아난다는 정사의 추녀 밑으로 들어가 그들의 대화가 끝나기를 기다렸다. 부처님은 아난다가 와 있음을 알면서도 고개를 돌리지 않았다. 수행자의 물음에 귀를 기울이거나 자애롭게 대답할 뿐이었다.

부처님에게서는 등불이 빛을 뿌리듯 하나의 태도 이외에는 찾아볼 수 없었다. 수행자가 아난다가 와 있음을 눈치채고 눈인사를 할 때도 부처님은 수행자만 쳐다보았다. 그러한 부처님의 집중력 때문인지 부처님은 모닥불의 불빛을 받아 더욱 온전하고 거룩하게 보였다. 아난다는 '깨어 있는 붓다란 바로 저런 모습이구나!' 하고 감동했다.

부처님 앞에 앉아 있는 수행자는 아난다보다 일찍 부처님의 제자가 된 날라까였다. 몹시 늙어 버린 날라까가 부처님을 찾아와 함께 있다니, 아난다는 자신의 눈을 의심했다. 부처님의 제자가 된 이후 날라까는 단 한번도 부처님을 찾아온 적이 없으므로 언젠가 제자 중에서 누군가가 그러한 날라까의 태도를 비난하자, 부처님은 오히려 '마지막 의지처는 여래가 아니라 청정한 수행'이라며 날라까를 옹호한 적이 있었던 것이다. 날라까는 부처님보다 나이가 많은 사문이었지만 더없이 공손했다. 부처님이 말할 때마다 합장하면서 고개를 숙여 고마움을 나타냈다.

날라까는 아시따 선인의 조카로서 아시따가 부처님이 탄생했음을 알고 까삘라성으로 찾아가 숫도다나왕 앞에서 예언할 때, 바로 그 현장에 있었던 산증인이었다. 싯닷타 태자가 탄생했을 때 아시따 선인과 숫도다나왕은 이런 대화를 나누었던 것이다.

숫도다나왕이 잠든 태자를 안고 와 아시따의 품에 안겨 주자, 아시따는 태자를 가만히 살펴보면서 감탄했는데, 날라까는 지금도 그 광경을 또렷하게 기억했다. 아시따는 감격하여 이렇게 소리쳤던 것이다.

"대왕이시여, 태자는 신들보다 거룩하고 태양보다 빛날 것입니다. 대장부가 세상에 출현하신 것입니다."

그런데 그때 아시따는 큰소리로 통곡하여 숫도다나왕은 물론 신하들을 어리둥절하게 만들었다. 숫도다나왕이

●아기부처님이 태어나 목욕했던 룸비니 동산의 싯닷타연못

의아해하며 말했다.

"이 아이가 태어났을 때 점성가를 불러 보였더니 모두가 기뻐했소. 그런데 당신 같은 선인이 슬피 우는 것을 보니 걱정이 되오. 솔직히 얘기해 주시오."

아시따가 눈물을 거두고 말했다.

"대왕이시여, 걱정하실 일은 아닙니다. 제가 슬퍼하는 까닭을 말씀드리겠습니다. 저는 나이 들어 죽을 날이 멀지 않았습니다. 부처님께서 펴시는 바른 법도 듣지 못하고, 세상을 편안케 하시는 모습도 볼 수 없을 것 같습니다. 그러니 어찌 슬프지 않겠습니까. 우담발화가 피듯 부처님이 세상에 출현하는 일도 지극히 드뭅니다. 대왕이시여, 부처님이 보리좌에 앉아 악마를 항복시키고 법륜法輪을 굴리는 것을 본 사람은 반드시 훌륭한 과보를 받을 것입니다. 저는 그러한 은혜를 입지 못하는 것이 한스러울 뿐입니다."

"누가 부처님이 된단 말이오."

"태자께서 왕위를 잇는다면 전륜성왕轉輪聖王이 되실 것이고, 출가를 하시면 부처님이 되실 것입니다."

숫도다나왕은 태자가 왕위를 이어 전륜성왕이 될 것이라고 믿었다. 그러니 기쁘지 않을 수 없었다. 숫도다나왕은 아시따 선인과 날라까에게 값진 의복과 여러 가지 진귀한 음식을 공양했다. 그러나 아시따는 까삘라성을 나서면서 날라까에게 말했다.

법륜 범륜梵輪이라고도 한다. 부처님의 가르침
전륜성왕 인도신화에서 통치의 수레바퀴를 굴려 세계를 통일·지배하는 이상적인 제왕

"부처님이 세상에 출현하실 것이니 너는 그분의 제자가 되어라."

부처님이 가부좌를 틀고 말없이 선정에 들자, 날라까는 모닥불에 장작을 몇 개 더 얹고는 아난다에게 다가왔다. 비는 여전히 세차게 퍼붓고 있었다. 비가 내리는데도 숲 속에서 일정한 간격으로 휘파람새 소리가 들려왔다. 아난다는 휘파람새 소리에 마음이 투명해지는 것을 느꼈다.

날라까와 아난다는 정사 뒤로 돌아가 추녀 끝에서 떨어지는 빗줄기를 바라보며 앉았다. 날라까는 너무 늙어 이 세상 사람이 아닌 것처럼 보였다. 해골처럼 눈은 퀭했고, 볼은 움푹 패여 있었다. 말할 때마다 이 대신 잇몸이 드러났다. 그러니 날라까의 겸손한 태도는 부처님을 찾아 히말라야 산자락에서 라자가하성의 죽림정사로 왔을 때와 조금도 다름이 없었다. 일찍이 아시따의 제자가 되어 그의 가르침대로 수행하여 온 날라까였지만 다시 출가하여 부처님의 제자가 되었던 것이다. 날라까가 부처님을 처음 만났던 정경을 초기경전인 〈숫따니빠따〉는 다음과 같이 기록하고 있는 것이다.

날라까가 말했다.
"아시따가 들려준 말이 진실임을 잘 알았습니다. 그러나 세존이시여, 모든 것을 통달하신 당신께 묻겠습니다. 저는 다시 출가하여 수행하려 하오니 성자의 경지와 최상의 경지를 말씀해 주십시오."

이에 부처님이 말씀하셨다.
"그대에게 성자의 경지를 일러 주리라. 행하기 어렵고 이루기 어렵지만 이제 그대에게 알려 줄 것이니 마음을 굳게 가지도록 하라.

세상 사람들에게 욕을 먹든지 절을 받든지 한결같은 태도로 대하라. 욕을 먹더라도 성내지 말며 절을 받더라도 우쭐대지 말고 무심하라.

동산의 숲 속에 있더라도 여러 가지 유혹이 불꽃처럼 나타난다. 부녀자는 수행자를 유혹한다. 부녀자로 하여금 유혹하지 못하도록 하라.

모든 육체적 즐거움을 버리라. 모든 욕망을 버리라. 약한 것이든 강한 것이든 모든 생명 있는 것을 미워하지 말고 좋아하지도 말라.

그들은 나와 같고 나도 그들과 같다고 생각하여, 살아 있는 것들을 죽여서는 안 된다. 또한 남들에게 죽이게 해서도 안 된다.

보통 사람은 욕망과 탐욕에 집착하지만 눈 있는 사람은 그것을 버리고 진리의 길을 가라. 그리하여 이 세상의 지옥을 벗어나라.

배를 비우고 음식을 절제하여 욕심을 없애고 탐내지 말라. 욕망을 버리면 욕심이 없어 평안하다.

수행자는 탁발을 끝내고 숲에 돌아와 나무 아래 앉아야 한다. 그리고 정신을 안정시키고 나무 아래서 명상함으로써 스스로 즐거움을 찾아야 한다.

날이 밝으면 마을로 내려가야 한다. 누구에게 식사 초대를 받거나 마을 사람들이 음식을 가져올지라도 결코 반겨서는 안 된다. 그리고 마을에 이르러서는 이 집 저 집 조급하게 돌아다녀서는 안 된다. 입을 다물고, 음식을 구하는 말을 꺼내서는 안 된다.

'음식을 얻어서 잘됐다', '얻지 못한 것도 잘됐다'라고 생각하고, 어떤 경우라도 편안한 마음으로 돌아오라. 마치 과일을 주우려고 나무 밑에 간 사람이 과일을 줍거나 줍지 못하거나 편안한 마음으로 돌아오듯이.

바리때를 손에 들고 돌아다니는 그는 벙어리는 아닌데 벙어리처럼 보일 것이다. 시주 받은 것이 적다고 가볍게 여기지 말고, 시주한 사람을 업신여겨서도 안 된다."

그때 아난다는 솔직히 부처님이 날라까에게 들려주는 말이 싱겁다고 생각했다. 더구나 날라까는 오랫동안 아시따의 가르침대로 수행해 온 사문이었던 것이다. 그런데도 부처님은 날라까에게 누구도 흉내 내지 못할 심오한 가르침을 설하지 않고, 다만 탁발 나간 부처님 자신의 모습을 꾸밈없이 얘기하고 있었던 것이다.

성내지 않고 우쭐대지 않으며, 모든 생명을 나와 같이 여기고, 여자의 유혹을 경계하고, 탁발을 나가서는 벙어리처럼 다니며, 탁발에서 돌아와서는 나무 아래 앉아서 명상에 잠기는 것을 즐거움으로 삼으라는 것이 부처님의 가르침이었다. 그것이 성자의 경지이자 최고의 경지라는 것이었다.

날라까는 고개를 약간 숙인 채 부처님의 말을 수긍하듯 합장하면서 들었다. 마치 '날마다 순간순간 한결같은 마음으로 당신과 같이 행하고 이룬다는 것은 어려운 일입니다' 하는 그런 태도였다.

그러자 부처님은 날라까에게 피안彼岸에 이르는 여러 가지 수행을 말씀했다.

"거듭 피안에 이르는 일은 없으나 단번에 이르는 일도 없다. 윤회의 흐름을 끊은 수행자에게는 집착이 없다. 해야 할 선도, 하지 말아야 할 악도 버렸기 때문에 번뇌가 없다."

"그대에게 다시 최상의 경지를 말하리라. 음식을 얻을 때는 길날의 비유를 생각하라. 혀를 입천장에 붙이고 스스로 배를 비우라.

마음이 어두워서는 안 된다. 또한 쓸데없이 많은 것을 생각해서도 안 된다. 비린내가 없이, 걸림이 없이, 청정한

피안 진리를 깨닫고 도달할 수 있는 이상적 경지를 나타내는 말. 특히 일상적인 세속 世俗으로부터 초월한다는 뜻을 표현하는 말로 많이 쓰인다.

●다섯 명의 비구가 부처님을 맞이한 영불탑迎佛塔

수행을 궁극의 의지처로 삼아라.

홀로 있는 일을 배우라. 으뜸가는 수행은 홀로 있는 것이다. 홀로 있어야만 진정으로 즐거울 수 있다. 그렇게 하면 온 세상은 빛나리라. 욕망을 버리고 명상하고 있는 그의 이름을 들으면, 내 제자는 더욱더 겸손해지고 믿음이 깊어질 것이다.

이것을 깊은 강물과 얕은 개울물의 비유로 알라. 바닥이 얕은 개울물은 소리 내어 흐르지만, 깊은 강물은 소리 없이 흐르는 법이다.

모자라는 것은 소리를 내지만, 가득 찬 것은 아주 조용하다. 어리석은 자는 물이 반쯤 찬 항아리와 같고, 지혜로운 이는 물이 가득 찬 연못과 같다.

사문이 의미 있는 말을 많이 하는 것은 스스로 알고 법을 설하기 때문이다.

그러나 스스로 알면서도 자제하여 말을 하지 않는다면, 그것은 성인의 행동으로 볼 수 있다. 그는 성인으로서 성인의 행동을 보인 것이다."

날라까는 날이 새기 전에 부처님을 향해서 인사하고 정사를 떠났다. 부처님은 그때까지도 선정에서 깨어나지 않고 있었다. 아난다는 벨루와 마을 초입까지 날라까를 따라나섰다. 이번에 헤어지면 다시는 만나지 못할 것 같은 예감이 들었다. 날라까는 사리뿟따가 그러했던 것처럼 자신의 입적을 허락받으려고 부처님을 찾은 것인지도 몰랐다.

아난다는 갑자기 슬퍼졌다. 오직 홀로 수행하기를 좋아하는 날라까를 다시는 만나지 못할 것 같은 생각이 들자, 지나가는 바람처럼 슬픔이 밀려왔다. 그러나 날라까는 아난다에게 미소를 보냈다. 그리고는 강물처럼 말없이 어디론가 흘러갔다. 아난다는 날라까가 보이지 않을 때까지 그 자리에 서서 비를 맞았다.

자신을 등불 삼아라

아난다는 흠칫 놀라 뒤돌아보았다. 벨루와 마을 농부 한 사람이 다가오고 있었다. 부처님께 잘 익은 망고를 여러 번 공양 올린 선한 농부였다. 그가 먼저 망연히 서 있는 아난다에게 말했다.

"아난다시여, 왜 거기 서 있습니까. 저는 망고나무 과수원에 물고를 트고 오는 길입니다."

"지금 나이 많은 장로와 헤어졌습니다. 이제 다시 만날 길이 없어 이렇게 서 있습니다. 사문 가운데서 오랫동안 존경한 분이었습니다."

아난다의 얼굴은 빗물에 젖어 번들거렸다. 그가 울고

있다는 것을 농부는 눈치 채지 못했다. 농부가 물었다.

"부처님 건강은 어떠십니까. 꽤 오랫동안 마을로 탁발을 오시지 않았습니다. 마을 사람들은 혹시나 부처님께서 병환에 드신 줄 알고 크게 걱정들 하고 있습니다."

"세존의 건강을 염려해 주시니 감사합니다. 그러나 세존께서는 몸에 병이 왔다 하더라도 고통을 참을 줄 아는 거룩한 분입니다. 어떤 중병의 고통이라도 세존을 이길 수는 없습니다."

"아난다시여, 부처님께서는 우리와 달리 그런 능력도 있었군요. 저는 오늘 처음 알았습니다."

아난다는 날라까와 편안하게 얘기하는 부처님의 모습을 보았기 때문에 부처님이 한 고비를 넘겼다고 생각했다. 실제로 부처님께서는 중병을 앓으면서도 목숨을 연장하는 능력이 있었다. 비구들은 그것을 유수행留壽行이라고 불렀다. 부처님은 어떤 고통의 순간에도 팔정도八正道를 여의지 않고 삼매에 들 수 있었다.

🌱 **유수행** 목숨을 연장하는 수행
팔정도 고통을 소멸하는 참된 진리인 여덟 가지 덕목 농부는 가던 길을 갔고 곧 동이 텄다. 동이 트자 비는 곧 그쳤다. 산뜻해진 지평선 너머로 해가 떴다. 햇살은 촉촉하게 젖은 대지 위에 공평하게 뿌려졌다. 햇살을 받은 대나무와 망고나무의 나뭇잎들이 춤추듯 나풀거리며 반짝였다.

아난다는 부처님이 머무는 정사로 가면서 부처님의 주치의 지와까를 부르러 갈까 하고 생각했다. 만약 부처님이 허락하신다면 지와까의 병원이 있는 라자가하성으로 가기로 했다. 병원은 라자가하에서 깃자꾸따산으로 가는 중간에 있었다. 무엇보다 벨루와 마을에서 라자가하성까지는 먼 거리가 아니었다.

지와까.

지와까라는 이름 속에는 '살아 있다'라는 뜻이 남겨 있었다. 단순히 '살아 있다'라는 것이 아니라 '살아남아 남을 이롭게 한다'라는 뜻도 들어 있었다. 아난다는 지와까의 출생 이야기를 부처님으로부터 몇 번이나 들어 알고 있었다.

지와까의 어머니 살라와띠는 라자가하성 유녀 중에서

미모가 가장 빼어난 여자였다. 웨살리성에 암바빨리가 있다면 라자가하성에는 살라와띠가 있었다. 그런데 살라와띠는 부호들로부터 자신의 명성을 잃고 싶지 않았으므로 원치 않은 아기를 낳았을 때 아무도 몰래 쓰레기 더미에 버렸다.

아기 주위에 먹이를 찾는 까마귀들이 몰려들었다. 그때 아와야 왕자가 국왕을 만나기 위해 왕궁으로 들어가는 길에 아기를 발견했다. 왕자는 버려진 아기를 데려다 후궁에게 맡기고는 고심 끝에 아기 이름을 지었다. 쓰레기 더미에 버려졌지만 '살아 있다'란 뜻으로 '지와까'라고 했다. 후궁들은 '왕자의 지시로 키웠다'라는 뜻으로 '꼬마라밧차'라고 부르기도 했다.

지와까는 청년으로 성장한 후 탁실라의 명의를 찾아가 7년 동안 의술을 배웠다. 그런 뒤 라자가하성으로 돌아오다가 어느 부호 부인의 병을 치료해 주고는 사례로 큰돈과 노비와 마차를 받았다. 지와까는 라자가하성에 도착한 즉시 아와야 왕자를 찾아가 자신을 길러 준 은혜를 갚고자 부호에게 받은 돈을 모두 내놓았다. 그러나 아와야

● 빔비사라왕이 부처님의 설법을 듣기 위해 자주 올랐던 깃자꾸따(영취산) 독수리봉

왕자는 돈을 받지 않고 오히려 자신의 별궁 후원에 지와까의 거처를 마련해 주었다.

지와까는 그곳에 머무르면서 빔비사라왕의 병도 치료했다. 빔비사라왕은 기꺼이 지와까에게 궁녀를 주려 했지만 지와까는 그보다는 자신에게 할 일을 달라고 청했다. 그러자 빔비사라왕이 지와까에게 말했다.

"지와까여, 그렇다면 왕궁의 여인들과 깨달으신 부처님과 그분의 제자들을 너의 의술로 돌보도록 하라."

지와까는 빔비사라왕의 지시로 부처님의 주치의가 되었다. 의술을 더 빛나게 하는 명예로운 일이었다. 이후 지와까는 라자가하성에서 최고의 의사로 명성을 날렸다. 어떤 고질병도 지와까는 자신의 의술로 치료하였다.

지와까는 뺏조따왕의 중병을 치료해 주기도 했는데, 왕은 고마워하면서 지와까에게 '시베야까'라는 귀한 천을 보냈다. 시베야까는 까시국에서 생산하는 비단보다도 더 값지고 아름다운 천이었다. 선물을 받은 지와까는 망설임 없이 두 분을 생각했다.

'이 천으로 만든 옷을 입을 분은 오직 두 분뿐이다. 한 분은 온전히 깨달으신 부처님이고, 또 한 분은 마가다국의 빔비사라왕뿐이다.'

지와까는 부처님을 뵙고 간청했다.

"세존이시여, 비구 수행자들과 마찬가지로 세존께서도 지금까지 누더기 가사를 입어 왔습니다. 뺏조따왕에게서 받은 값지고 아름다운 천을 받아 주십시오. 또한 장자들이 가사나 가사 만들 천을 공양 올릴 수 있도록 허락해 주십시오."

지와까의 간청을 들은 부처님이 제자들에게 말했다.

"비구들이여, 장자가 공양 올린 가사를 입어도 좋다. 누더기 가사를 입어도 좋고, 장자가 공양 올린 가사를 입어도 좋다. 누구든 자신이 만족하는 가사를 입도록 하라."

이후부터 장자들은 비구 수행자들에게 가사를 만들어 공양했다.

그때 지와까가 올린 금색 가사는 지금도 아난다가 보관하고 있다. 부처님이 왕을 만날 때나 특별한 의식이 있을 때만 입으므로 아난다가 소중하게 관리하고 있었다. 아난다는 가끔 그 금색 가사를 꺼내 좀이 슬지 않도록 햇볕에 쐬거나 바람을 쐬기도 했다. 그만큼 시베야가 천으로 만든 가사는 세상에서 보기 드물게 아름답고 귀했다.

아난다는 누군가가 부르는 소리를 듣고서 걸음을 멈추었다. 뒤돌아보니 좀 전에 헤어졌던 그 농부였다. 구릿빛 다리가 유난히 가는 농부가 광주리를 머리에 이고서 걸어오고 있었다.

"며칠 동안 부처님께 공양을 올리지 못했습니다. 보잘것없는 망고지만 받아 주십시오. 부처님께서는 저희 과수원의 망고를 좋아하셨습니다."

망고는 겉이 푸르스름했지만 정사에 며칠 놔두면 노랗게 익을 터였다. 부처님이 공양 후 즐겨 드시곤 하는 과일이었다.

"보시의 공덕이 클 것입니다."

아난다의 말을 들은 농부는 이 빠진 자리를 드러내며 순박하게 웃었다. 아난다가 광주리를 받으려 하자, 농부는 정사까지 자신이 이고 가겠다며 손사래를 쳤다. 할 수 없이 아난다는 농부를 앞세우고 걸었다.

"아난다시여, 저희는 마하빠자빠띠님께도 향기로운 망고를 공양하곤 했습니다. 그러나 지금은 마하빠자빠띠님이 사왓티 기원정사로 가시어 공양하는 기쁨이 없어져 버렸습니다."

아난다는 대답을 못했다. 농부는 부처님을 키웠던 이모 마하빠자빠띠를 얘기하고 있었다. 여인으로서 부처님께 최초로 출가를 허락받았던 마하빠자빠띠였다. 처음에는 부처님이 그녀의 출가를 거절하였으나 아난다가 거듭해서 세 번이나 하소연하여 부처님 제자 중에서 첫 비구니가 됐던 것이다.

농부는 그 사실을 알고 있었다.

"저는 아난다께서 부처님을 설득하여 마하빠자빠띠님이 비구니스님이 됐다는 것을 잊지 않고 있습니다. 마하빠자빠띠님이 그렇게 말씀하셨습니다."

농부는 정사 앞에서 광주리를 내려놓고는 돌아섰다. 아난다는 광주리 안에 담긴 망고를 보고 중얼거렸다.

'마하빠자빠띠 비구니스님은 세존께서 사문이 되기 전까지 29년 동안이나 돌보셨고, 세존께서 출가한 이후에도 늘 세존의 건강을 걱정했던 자애로운 분이셨지.'

아난다는 성사로 늘어서면서 심호흡을 했다. 번잡하지 않은 마음으로 부처님을 뵙고 싶었다. 부처님은 정사 뒤뜰에 자리를 마련하여 좌선하고 있었다. 아난다는 지금까지 걱정했던 것이 기우였던가 하고 놀랐다. 부처님의 모습은 중병의 고통을 견딘 사람답지 않게 맑아 보였다. 아난다는 부처님께 인사드리고 한쪽으로 앉았다.

●티베트인들은 성지에 불경이 적힌 오색 천 룽다를 걸어놓고 소원을 빈다.

"세존이시여, 라자가하성으로 가 지와까를 불러와도 되겠습니까."

"아니다. 이제 여래는 편안하다. 여래는 생명을 더 연장했느니라."

"세존께서 병환에 든 줄 모르고 저 혼자 정진하고 있었습니다. 용서하십시오."

"고통이 엄습할 때는 곧 죽을 것 같았다. 그러나 중도로 사유하고 중도로 깨어 있자 마음속이 환해지고 고통도 사라졌다. 그 순간 여래는 비구들을 생각했다."

"고통 끝에서 저희들을 생각하셨단 말입니까."

"여래를 시봉했던 비구들이나 또 여래를 믿고 따르는 여러 비구들에게 아직 깨달음의 기회가 주어지지 못했느니라. 깨달음의 기회를 주지 않은 채 열반에 든다는 것은 여래의 행위가 아니라고 생각했느니라. 그래서 여래는 목숨을 연장하여 이 세상에 더 머물겠노라고 생각했느니라. 이제 여래는 병으로부터 회복되었느니라."

아난다는 부처님이 자신의 병고를 다스리기 위해서가 아니라 '비구들에게 깨달음의 기회를 주기 위해 목숨을 연장했다'라는 말씀에 가슴이 울컥했다. 한편으로는 부처님의 얼굴에 음음한 대나무 그늘이 어리어 조금은 허전하게 보였다. 사람이 늙어 간다는 것은 낡은 수레를 보듯 쓸쓸한 일이었다.

"세존이시여, 오늘은 편안해 보이십니다. 세존께서는 이제 병도 치유되어 모든 것을 견딜 수 있을 것 같아 보입니다."

"아난다여, 놀라게 해서 미안하구나."

"세존께서는 아주 완쾌된 것 같지는 않지만 특별히 나쁜 것 같지도 않습니다."

"아난다여, 걱정하지 말라."

"세존이시여, 저는 이제 걱정하지 않습니다. 저는 이제 '한숨을 돌릴 정도가 됐다'라고 생각하고 있습니다."

"그렇게 생각하고 있다니 다행이구나."

"세존께서는 비구뿐만 아니라 승단에도 가르침을 주시지 않은 채 열반에 드시는 일은 없을 것이라고 생각합니다."

아난다의 '승단'이란 말에 부처님이 잠시 침묵했다. 아난다는 부처님께 좀 더 다가가 귀를 기울였다. 그러자 부처님이 아난다가 당신의 말을 잘못 듣고 있다고 생각하였는지 길게 말했다.

"아난다여, 비구 승단이 여래에게 무엇을 기대한단 말이냐. 여래는 안팎이 다르지 않은 가르침을 지금까지 설해 오지 않았더냐. 여래의 가르침에 감추어진 것은 없느니라. 만약 누군가가 '여래가 비구 승단을 맡고 있다, 비구 승단이 여래의 지시를 받고 있다'라고 보았다면 '여래는 비구 승단을 위해 말을 해야만 한다'라고 생각할 것이니라. 그러나 여래에게 그런 일은 결코 없었느니라. 그러니 여래가 승단을 위해 무엇을 말해야 한단 말이냐.

아난다여, 여래는 이제 늙어 삶의 마지막에 이르렀느니라. 여래 나이 이제 80이 되었구나. 낡은 수레를 가죽 끈으로 묶어 겨우 움직이듯이 여래의 몸도 가죽 끈으로 묶어 겨우 움직이는 것 같구나. 아난다여, 여래는 눈에 보이는 그 어떤 형상에도 집중하거나 집착하지 않으니 모든 감각이나 느낌들이 일어나지 않는구나. 여래의 마음은 평안할 뿐이니라.

아난다여, 누구든 지금이나 여래가 열반에 든 후에도 자신을 등불로 삼고自燈明, 자신을 귀의처로 삼고, 다른 것을 귀의처로 삼지 말라. 가르침을 등불로 삼고法燈明, 가르침을 귀의처로 삼고, 다른 것을 귀의처로 삼지 말라."

아난다를 위해 설한, 아난다의 마음속 어둠을 밝혀 줄 등불의 법문이었다.

아누룻다의 눈

아난다는 가슴이 무너지듯 슬펐다. 부처님이 "여래는 늙어 삶의 마지막에 이르렀다."라고 당신의 열반을 예고하였기 때문이었다. 당신 자신의 육신을 낡은 수레에 비유하고 있는 것만도 눈물이 나는데 "삶의 마지막에 이르렀다."라고 분명하게 단언하였던 것이다.

아난다는 슬픈 감정을 자제하면서 게을렀던 자신을 나무랐다. 아난다에게 부처님은 온몸 그대로가 진리인 법신法身이자, 영원한 스승으로 나툰 보신報身이자, 의지하고자 하는 화신化身이었던 것이다.

'세존을 25년 동안 모시고도 아라한이 되지 못한 나는 얼마나 게으르고 볼품없는 사문인가. 나는 무엇이 되려고 부모님의 만류를 뿌리치고 사촌 형님인 세존을 따라서 까삘라성을 떠났던가.'

아난다는 허방을 밟은 것처럼 현기증을 느꼈다. 더 이상 부처님을 의지하지 말고 아난다 자신과 진리에만 의지하라는 부처님의 당부가 가슴을 쳤다. 아난다는 날벼락을 맞은 듯 잠시 휘청거렸다. 부처님은 지금 자신과 맺어 온 오래된 인연을 정리하려 하고 있음이 분명했다.

'지금이나 세존께서 열반에 든 후에나 나 자신을 등불 삼고 가르침을 등불 삼으라고 하신 말씀은 나 아난다더러 세존을 더 이상 의지하지 말라는 말씀이 아닌가.'

아난다는 의지할 부처님이 사라진다고 생각하자 눈앞이 캄캄했다. 아난다는 부처님이 없는 현실을 단 한 순간도 생각지 못했던 것이다. 아난다는 황량한 대지에 홀로 선 것 같은 느낌이 들어 어찌할 바를 몰랐다.

그때였다. 멀리서 한 사문이 아주 느리게 걸어오고 있었다. 그는 네란자라강 백사장을 기어가는 거북이처럼 느릿느릿 다가오고 있었다. 아난다는 그가 실명하여 앞을 보지 못하는 아누룻다 사문이라는 것을 한눈에 알아보았다. 부처님을 시봉하고 있던 아난다는 아누룻다를 마중하기 위해 일어섰다.

아누룻다는 죽림정사에서, 부처님이 중병의 고통으로 괴로워하는 모습을 천안통으로 보고 오는 중이었다. 사문들이 전해 준 소식을 들은 게 아니었다. 부처님 역시도 아누룻다가 오고 있는 모습을 안개 속의 물체처럼 흐릿하게 보고 있었다.

"아난다여, 아누룻다가 오는구나. 앞이 보이지 않는데도 어찌하여 가장 빨리 문병을 오는지 너는 아느냐."

"세존이시여, 아누룻다 사문은 제자 중에서 가장 먼저 천안통을 얻은 천안제일天眼第一이 아닙니까."

"수행을 너무 열심히 하여 실명했지만 그때 아누룻다는 천안을 얻었기에 이와 같이 오고 있는 것이니라."

"세존이시여, 눈을 감고도 눈 속의 눈으로 볼 수 있고, 귀가 멀었음에도 귓속의 귀로 듣는 경지가 있다는 것을 이제 의심의 여지 없이 확신하겠습니다."

"그렇다. 너도 아누룻다처럼 부지런히 정진하라. 불안

佛眼을 얻는 자는 모든 것을 다 볼 수 있고 모든 것을 다 들을 수 있느니라."

아난다는 기원정사 뜰에서 아누룻다와 함께 부처님의 가르침을 듣던 때를 떠올렸다. 언제나 자애롭기만 하던 부처님이 꾸벅꾸벅 졸고 있는 아누룻다에게 낮은 목소리로 야단을 친 적도 있었다. 부처님이 많은 비구들 앞에서 누구를 나무라는 것은 아주 드문 일이었다. 그해 일어났던 큰 사건이었다.

"아누룻다여, 너는 까삘라성의 법을 피하려고 출가했느냐, 그것이 아니라면 도적이 무서워 출가했느냐. 그것도 아니라면 무엇 때문에 사문이 되었느냐."

부처님의 격려를 많이 받아 온 아누룻다는 당황하여 얼굴을 들지 못했다. 왕궁 요리사 출신이었지만 부처님의 허락을 받아 사꺄족의 청년들과 함께 출가했던 것이다. 아누룻다는 부끄러워하면서 더듬거렸다.

"세존이시여, 천민인 저는 짜빠띠 빵을 누구보다 잘 만들던 요리사였습니다. 그러나 사람들의 입을 즐겁게 하는 최고의 요리사가 되는 것보다 생로병사로부터 해탈하는 것이 더 중요하다고 생각하여 출가했습니다."

"그렇다. 너는 그때 여래의 설법을 듣고 깨달음을 얻기 위해 출가하여 여래의 제자가 되었느니라. 그런데도 여래가 설법하는 동안 한 순간이 금쪽같은 줄 모르고 졸고 있으니 어찌 된 일이냐."

얼굴이 붉어진 아누룻다는 많은 비구들이 보는 가운데 부처님 앞으로 나아가 땅바닥에 이마를 찧으며 절을 했다. 그런 뒤 합장한 채 자신의 각오를 말했다.

"세존이시여, 저는 지금 이후부터는 결코 잠을 자지 않겠습니다. 몸이 부서지는 한이 있더라도 깨달음을 얻기 전에는 결코 잠을 자지 않겠습니다."

그날 이후부터 아누룻다는 잠을 자지 않았다. 결코 등을 방바닥에 대는 일이 없었다. 졸음이 오면 밖으로 나가 보리수 등걸에 자신의 머리를 부딪쳤다. 그런 날은 이마가 붓고 피가 흘렀다. 강으로 나가 정신이 번쩍 들도록 강물을 온몸에 끼얹을 때도 많았다. 목욕을 하러 나온 비구들이 혀를 찼다. 아누룻다의 몸에는 졸음이 올 때마다 스스로 꼬집어 군데군데 멍이 들어 있었던 것이다.

●부처님 가르침에 귀의한 사문

이윽고 부처님이 아누룻다의 건강을 걱정하기에 이르렀다. 어느 날 부처님이 아누룻다를 가만히 불러 타일렀다.

"아누룻다여, 여래는 출가 전에 거문고를 다루었던 소나꼴리위사 비구에게 말했느니라. 소나꼴리위사는 라자가하성 교외에서 발바닥에 피가 나도록 정진하였으나 깨달음에 이르지는 못했느니라."

소나꼴리위사는 참빠 장자의 아들로 라자가하성 촌장회의에 참가했다가 빔비사라왕의 제의로 깃자꾸따산으로 가 부처님을 뵙고 제자가 된 비구였다. 그는 좌선하다가 졸리거나 피곤해지면 발바닥에 피가 나도록 행선行禪을 했는데, 어느 날 문득 '세존의 제자 가운데 나보다 치열하게 정진하는 사문은 없을 것이다. 그런데 나는 왜 집착을 버리지 못하고 번뇌 망상에 매달리는 것일까. 차라리 부자인 속가로 돌아가 가난한 사람들에게 보시하면서 사는 것이 더 보람된 일은 아닐까' 하고 낙담에 빠졌다. 그때 부처님이 소나꼴리위사의 마음을 간파하고는 "소나꼴리위사여, 거문고의 줄은 팽팽하거나 느슨하지 않을 때 아름다운 소리가 나느니라. 수행도 거문고 줄 같아야 효과가 크지 않겠느냐." 하고 충고했던 것이다.

아누룻다는 부처님이 무슨 말씀을 할지 알고는 합장한 채 고개를 더 숙였다.

"아누룻다여, 수행을 소나꼴리위사처럼 지나치게 하는 것도 잘못이니라."

그래도 아누룻다는 자신의 결심을 꺾지 않았다.

"세존께 약속한 것을 저는 어길 수 없습니다. 깨달음을 얻기 전까지는 결코 잠을 자지 않겠습니다."

아누룻다의 고집은 부처님도 꺾지 못했다. 결국 부처님은 아누룻다의 건강을 걱정하여 주치의 지와까를 불러 말했다.

"지와까여, 아누룻다의 눈이 이상하다. 잘 보살펴 주거라."

"아누룻다 사문의 눈은 극도로 나빠져 있습니다. 특별한 약은 없습니다. 잠만 자면 나을 수 있습니다."

명의인 지와까도 잠을 자게 하지 않고는 아누룻다의 눈을 치료할 수 없다고 하자, 부처님은 다시 아누룻다를 불러 말했다.

"세상의 모든 생명은 음식을 먹어야 산다. 눈의 음식은 잠이고, 귀의 음식은 소리이고, 코의 음식은 향기이고, 혀의 음식은 맛이다. 아누룻다여, 알겠느냐, 이제 그만 잠을 자거라."

그러나 아누룻다는 실명할 때까지 자신의 결심을 굽히지 않고 잠을 자지 않는 고행을 했는데, 이윽고 육신의 눈을 잃은 대신 천안을 얻어 부처님의 제자들 중에서 천안제일이 되었다.

이후 부처님은 아누룻다가 실명했기 때문에 그의 해진 가사를 기워 주기도 했다. 아누룻다가 자신의 해진 가사를 꿰매기 위해 바늘구멍에 실을 잘못 꿰고 있을 때 부처님이 대신 바느질을 해 주었던 것이다. 아누룻다가 황송해하자, 부처님은 자신을 위해 그런 것이 아니라 세상 사람들을 위해 공덕을 쌓는 것이라고 말했다. 그때부터 아누룻다는 부처님이 꿰매 주는 가사를 말없이 입곤 했다.

아난다는 아누룻다를 부처님이 있는 정사 뒤뜰로 안내했다. 그러자 아누룻다가 아난다에게 물었다.

"날라까 사문이 이 정사에 다녀간 뒤에 또 누가 왔습니

●부처님 성지를 순례하는 티베트 스님들

까."

"날라까 사문이 이곳을 다녀간 것을 어찌 아십니까. 놀랍습니다."

"놀랄 일이 아닙니다. 날라까 사문은 나에게 먼저 찾아왔고 세존을 뵌 뒤 히말라야로 들어가 입적하겠다고 했습니다. 이제 우리는 그를 다시 볼 수 없을 것입니다."

날라까는 부처님이 병환 중임을 알고 들른 것이 아니기 때문에 실제로는 아누룻다가 처음으로 문병을 온 셈이었다. 아난다는 문병 온 아누룻다에게 새삼 존경하는 마음을 냈다. 출가 전에는 사꺄족을 위해 짜빠띠 빵을 굽던 천민 요리사였으나 지금은 깨달음을 이룬 아라한이 돼 있었다.

"존경스럽습니다. 처음으로 문병 왔으니까요."

"아닙니다. 세존께서 저를 부르신 것입니다. 다만 저는 세존께 응답했을 뿐입니다."

아누룻다는 부처님 앞으로 나아가 삼배를 올렸다. 그러자 부처님이 말했다.

"아누룻다여, 나는 더 이상 너의 가사를 꿰매 줄 수 없을 것 같구나. 중생을 위해 공덕을 더 쌓고 싶지만 이제는 내 눈도 늙어 흐릿할 뿐이구나."

아누룻다는 부처님이 머잖아 열반에 들 것이라고 이미 알고 있었다. 그래서 죽림정사를 떠나 며칠 동안 걷고 또 걸었던 것이다. 아누룻다는 자신의 해진 가사를 몇 번이나 꿰매 준 부처님을 만나고 있다는 행복감에 실명한 두 눈을 끔벅거렸다. 부처님은 아누룻다의 실명한 눈 속에서 또 하나의 눈을 보며 인간적인, 너무나 인간적인 미소를 지었다. 아난다는 그러한 광경을 보면서 감격했다. 모처럼 슬픈 감정을 잊었다.

아난다의 간청

아난다는 자신이 큰 실수를 저질렀다고 자책하며 아무도 모르게 가슴을 쓸어내렸다. 빔비사라왕과 부처님의 건강을 살펴 왔던 주치의 지와까를 부르지 않은 실수는 결코 작은 허물이 아니었던 것이다. 지와까는 깃자꾸따산 가는 길에 위치한 그의 병원에서 환자들을 돌보고 있을 텐데 왜 그를 부르려고 하지 않았는지, 아난다는 용의주도하지 못한 자신을 나무랐다. 벨루와 정사에서 우기를 보내고 계셨던 부처님이 죽음에 이를 것 같은 병으로 몹시 고통받았다는 소식을 접하고 난 뒤, 크게 당황한 나머지 그랬지만 나중에 수부띠須菩提나 특히 부처님의 속가 아들 라훌라 같은 비구가 질책한다면 할 말이 없을 터였다.

'지와까를 일찍 불렀더라면 지금쯤 세존께서는 기력을 완전하게 회복하시어 만행을 다니며 설법을 하고 계실지도 모른다. 겨우 탁발을 나설 정도로 기력을 회복하셨다고는 하지만 아직은 불안하다. 늦지 않았으니 지금이라도 지와까를 부를까. 그래야만 비구들이 나를 비난하지 않을 것이다.'

아난다는 부처님이 선정에서 깨어날 때까지 기다렸다. 오래전부터 부처님은 좌선을 하지 않고서도 선정에 들었다. 그것이 바로 아라한이 되지 못한 많은 비구들과 달리 뛰어난 점이었다. 무슨 행위를 하든 부처님의 행위 자체는 선정(삼매) 속에 있었다. 침묵하고 있을 때에도 마찬가지였다. 부처님의 선정이란 깊고 바르게 통찰하는 의식의 지속이었다. 부처님의 깨어 있는 의식은 본래 마음자리에서 발현하였으므로 더없이 지혜로웠다. 아난다는 부처님을 오랫동안 시봉해 왔으므로 그런 상태를 바로 감지했다.

이윽고 부처님이 아난다에게 눈길을 돌렸다. 아난다는 부처님의 긴 속눈썹이 부드럽게 움직이는 순간을 놓치지 않고 하소연하듯 말했다.

"세존이시여, 라자가하성에 있는 지와까를 불러도 좋겠습니까."

"소용없는 일이다. 그를 부르지 말라."

"좀 더 일찍 지와까를 부르지 않았던 것은 저의 잘못입니다. 그때 저는 너무 놀란 나머지 정신을 잃어버릴 지경이었습니다. 아무것도 생각할 겨를이 없었습니다. 그래서 지와까를 부르지 못했습니다."

"아난다여, 너는 여래의 힘든 처지를 전해 듣고 너무 놀라 그랬을 것이다. 그러나 그것은 더 잘된 일이다."

아난다는 부처님이 자신의 실수를 감싸 주고 있다고 생각했다. 그러나 지와까를 부르지 않은 실수를 왜 잘된 일이라고 하는지는 알 수 없었다.

"세존이시여, 저의 실수가 어찌 잘된 일입니까."

"네가 지와까를 불렀다면 마가다국 정사마다 여래의 병이 위중하다고 소문이 났을 것이다. 정사의 모든 비구들이 지금 이 벨루와 정사로 모여들었을 것이다. 안거 중인 비구들이 수행에 전념하지 않고 여래의 병만 걱정한다면 어찌 되겠느냐. 어느 때 깨달음을 이루어 아라한이 되겠느냐. 여래는 결코 그런 사태를 원치 않느니라."

"병환이 더 깊어진다면 지와까는 저를 원망할 것입니다. 다른 비구들은 저를 비난할 것입니다. 훗날 더욱더 저에게 원망과 비난이 쏟아질 것입니다."

"아난다여, 걱정하지 말라. 여래가 태어나고 늙고 병들고 죽는 것은 방편일 뿐이다. 여래는 생로병사에 매달리지 않는다. 이미 그런 속박으로부터 벗어났느니라. 방편으로 이 세상에 왔기에 여래라 하고, 방편으로 이 세상을 떠날 것이기에 세상 사람들은 나를 여거如去라고 부를 것이니라."

부처님의 병환에 대한 소식은 웨살리성 부근에서 수행하던 비구 수행자들에게 먼저 알려졌고, 차츰 라자가하성의 죽림정사와 사왓티성의 기원정사까지 멀리 퍼져 나갔다. 부처님은 바로 그 점을 염려했다. 오직 등불과도 같은 청정한 자기 자신과 부처님이 설해 왔던 바른 가르침

● 사왓티성에 있는 기원정사 향실 터. 부처님이 가장 오랫동안 안거하셨던 곳이다.

만을 의지해서 수행해야 할 비구들이 병문안을 핑계 삼아 부처님에게 몰려오는 것을 원치 않았던 것이다.

부처님이 웨살리성 저잣거리에서 탁발하고 벨루와 정사로 돌아왔을 때는 정오 전이었다. 며칠 전까지만 해도 병고로 인하여 곧 열반에 들 것 같았는데, 생명을 연장하여 놀랍게도 스스로 걸어서 탁발할 정도로 기운을 되찾은 부처님이었다.

부처님이 갑자기 아난다에게 말했다.

"아난다여, 이제 벨루와 정사를 떠날 때가 되었구나."

"어디로 가시려고 합니까."

"차빨라 영지靈地에 있는 정사로 가자꾸나."

차빨라 정사로 가는 동안에 부처님은 웨살리성 부근의 시냇들을 비구의 이름을 외듯 일일이 불렀다. 그러면서 모든 땅들이 정진하기 좋았던 고요한 영지였다고 고마워했다. 영지의 이름을 부를 때마다 땅에 입을 맞추듯 고개를 숙이면서 합장했다.

이윽고 차빨라 정사에 도착하자 부처님이 호흡을 몰아쉬며 말했다. 기력을 되찾았다고는 하지만 쉬지 않고 차빨라 숲까지 걸어온 것은 무리였다. 부처님은 가쁜 호흡을 진정시키는 데 애를 먹었다. 아난다는 자신의 가사를 접어 부처님이 앉을 자리를 만들었다. 잠시 후 부처님이 편안한 얼굴로 돌아와 말했다.

"아난다여, 신통력을 통달한 수행자는 자신이 원하는 대로 이 세상에 머물 수 있느니라. 한 겁 이상 이 세상에 머무는 것도 가능하느니라. 여래도 얼마든지 오랫동안 이 세상에 머물 수 있느니라."

그러나 아난다는 부처님이 이 세상에 오래도록 머물기를 간청하지 못했다. 벨루와 정사에서 부처님이 '삶의 마지막'을 말씀하셨기 때문이다. 아난다에게 앞으로는 자기 자신과 가르침만 의지해서 수행하라는 유언도 하셨던 것이다. 아난다는 부처님이 이 세상에 더 머물기를 간청한다는 것은 부처님의 뜻을 거스르는 일이라고 생각했다. 부처님이 설한 유언은 아난다가 거부할 수 없는 운명 같은 것이었다.

그래서 아난다는 불생불멸의 존재가 부처님인 줄 알면서도 이 세상에 더 머물기를 간청하지 못했다. 부처님이 어떠한 선택을 하든 부처님의 당부를 실천하는 것이 시봉하는 제자의 도리라고 생각했다.

아난다는 부처님 곁을 잠시 떠나 정사 밖의 보리수 그늘에 앉았다. 아난다는 혼란스러울 때마다 나무 그늘을 찾아가 머리를 식히곤 했던 것이다. 그런데 바로 그때 갑자기 회오리바람이 일었다. 땅이 흔들리고 컴컴해진 하늘에서 천둥소리가 났다. 나뭇가지에 앉아 있던 새들이 비명을 지르며 어지럽게 날았다. 아난다는 두려워서 몸을 움츠렸다. 등골이 오싹하고 온몸에 소름이 돋았다. 땅이 나룻배처럼 흔들리는 격렬한 지진이었다.

아난다는 지진이 멈추고 난 뒤 보리수 나무둥치를 붙든 채 중얼거렸다.

'아, 세존은 어찌 되셨을까.'

아난다는 부처님이 쉬고 있는 정사로 돌아갔다. 부처님은 조용히 앉아 있었다. 아난다는 조금 전의 지진에 대해서 물었다.

"세존이시여, 실로 불가사의한 일입니다. 희유한 일입니다. 지진이 갑자기 일어났습니다. 지진으로 몸의 털이 곤두설 정도였습니다. 하늘은 큰 북이 찢어지듯 큰 소리를 냈습니다. 세존이시여, 도대체 무슨 원인으로 지진이 일어난 것입니까."

아난다의 질문에 부처님은 앙상한 허리를 곧추세웠다. 그런 뒤, 대지 밑의 수계水界가 진동하여 자연현상으로 일어나는 것이 첫 번째이고, 두 번째는 신통력을 닦은 수행자의 위신력威神力으로 일어나고, 세 번째는 보살이 도솔천에서 내려와 어머니의 태 안에 들 때 일어나고, 네 번째는 보살이 어머니의 태 안에서 나올 때 일어나고, 다섯 번째는 보살이 위없는 깨달음을 이룰 때 일어나고, 여섯 번째는 여래가 처음으로 진리의 바퀴를 굴렸을 때 일어나고, 일곱 번째는 여래가 생명을 연장하는 의지를 버렸을 때 일어나고, 여덟 번째는 여래가 열반에 들었을 때 일어난다고 설했다.

그제야 아난다는 지진이 왜 일어났는지 이해했다. 방금 지진이 일어난 까닭은 부처님이 자신의 생명을 연장하겠다는 생각을 버렸기 때문이었다. 아난다는 지금까지의 생각을 바꾸어 간청했다.

●웨살리성 부근의 중각강당 터

"세존이시여, 입멸하시려는 생각을 거두시옵소서. 이 세상에 더 머무시옵소서. 세상 사람들과 신들의 안락과 행복을 위해 더 머무시옵소서."

부처님은 아난다의 간청에도 불구하고 고개를 저었다. 세상에 더 머물러 달라는 아난다의 청을 받아들이지 않았다.

"아난다여, 여래가 너희들에게 항상 말하였느니라. 아무리 사랑하고 마음에 맞는 사람이라도 반드시 이별은 찾아오는 것이라고 말하였느니라. 그것을 어찌 피하겠느냐. 무너져 사라져 가는 것에 대해 사라지지 말라고 막는 것은 이치에 맞지 않느니라. 아난다여, 여래는 이미 모든 것으로부터 벗어났느니라. 생명을 연장하는 유수행도 버렸느니라. 그러니 이제 와서 이 세상에 더 머문다는 것은 여래의 도리에 어긋나는 일이니라."

아난다는 더 이상 말을 못했다. 그러자 부처님이 결연히 말했다.

"아난다여, 마하와나 2층 강당으로 가자꾸나."

원숭이들이 한가롭게 뛰노는, 널따란 망고나무 숲 속에 자리한 2층 강당은 중각강당重閣講堂이라고도 불렀다. 중각강당은 웨살리성 부근에서 수행하고 있는 비구들이 다 모여 부처님의 설법을 들을 수 있을 만큼 큰 강당이었다.

부처님의 열반 선언

마하와나 2층 건물 강당은 붉은 벽돌로 지어진 건물이었다. 정원에는 붉고 하얀 부겐빌리아 꽃들이 흐드러지게 피어 있었다. 건물은 강당 말고도 여러 채의 벽돌 요사가 다닥다닥 붙어 있었다. 요사들 가운데에 붉은 벽돌로 쌓은 둥그런 우물이 있고, 사람들은 두레박으로 물을 길었다. 그리고 강당 지하의 서늘한 공간에는 식당과 곡물 창고가 있고, 1층에는 도서관과 항상 맑은 물이 흐르는 수세식 화장실도 있었다. 웨살리성 부자들이 많은 돈을 기부하여 지은 정사였다.

안거 기간 동안에는 수행자들이 숲 속의 작은 움막이

●부처님이 목욕을 하셨던 웨살리성 중각강당 연못

나 마을의 빈 사당으로 물러나 정진하므로 일반 신도나 상인들은 정사를 자신의 집처럼 자유롭게 드나들며 기도했다. 아직 안거 기간인데도 부처님이 마하와나 건물에 나타나자, 한 수행자가 건물 밖으로 뛰어나오며 소리쳤다.

"세존께서 오신다!"

기도하고 있던 사람들이 몰려나와 부처님의 발에 입을 맞추었다. 부처님은 바로 2층 강당으로 올라가 앉아서 잠시 휴식을 취했다. 2층에서는 웨살리성 거리와 망고동산과 푸른 잠부나무 숲이 한눈에 들어왔다. 숲 속에는 부처님의 가르침을 따르는 비구와 비구니들이 깃을 접은 까마귀처럼 점점이 흩어져 정진하고 있었다.

이윽고 부처님이 아난다를 불러 말했다.

"자, 아난다여! 웨살리성 주변에 있는 비구와 비구니들을 모두 강당으로 모이도록 하여라."

아난다는 갑자기 비구와 비구니들을 부르라고 하는 부처님의 지시를 영문도 모른 채 따랐다. 당신의 열반을 보다 명확하게 선언하고자 하신다는 것을 짐작할 뿐이었다. 그것은 아난다를 위한 깊은 배려였다. 아난다는 부처님이 열반한 이후 '세존을 잘 모시지 못했다'는 이유로 비구들에게 비난받을 수도 있었던 것이다.

"잘 알겠습니다. 세존이시여! 비구와 비구니들을 이곳으로 부르겠습니다."

아난다는 즉시 마하와나 정사에 있던 신도와 비구들에게 숲 속에 흩어져 정진하는 사문들을 부르도록 전했다. 신도는 물론 아이들까지 원숭이처럼 달려갔다. 마하와나 2층 강당에 모든 비구와 비구니들이 모이는 일은 예전에 없던 사건이었으므로 그들의 얼굴에는 긴장하는 빛이 역

력했다.

웨살리성 숲 속의 사문들은 한나절 만에 모두 모였다. 그 사이 건물의 향실로 가 있던 부처님에게 아난다가 다가가서 말했다.

"세존이시여! 비구와 비구니들이 다 모였습니다."

부처님은 아난다를 따라 2층 강당으로 올라갔다. 강당 안은 수군거리는 소리마저 잦아들었다. 이윽고 부처님이 좌정하고 있는 사문들을 향해 말했다.

"여래가 깨닫고 설했던 여러 진리를 잘 이해하고 익히고 수행하여 부지런히 닦으라. 청정한 수행만이 이 세상에 오래오래 남을 것이며, 그 결과 많은 사람들에게 이익이 되고, 안락의 바탕이 되고, 신들과 인간의 복덕이 될 것이다.

비구들이여! 내가 깨닫고 설했던 여러 가지 이익과 안락한 진리란 도대체 무엇이겠느냐. 그것은 네 가지 바르게 사념해야만 하는 곳四念處, 네 가지 바르게 노력해야만 하는 것四正勤, 네 가지 초자연적인 능력四神足, 다섯 가지 선한 과보의 뿌리五根, 다섯 가지 힘五力, 일곱 가지 깨달음의 지분七覺支, 여덟 가지 성스러운 길八聖道 등이라고 할 수 있느니라.

"비구들이여! 이것이 내가 깨달은 진리이고 설했던 여러 가지 진리이니라."

부처님은 자신이 설했던 진리들을 요약한 뒤, 사문들을 연민의 눈으로 둘러보았다. 가장 긴장하고 있는 비구는 맨 앞줄 중앙에 앉은 아난다였다. 아난다만이 부처님이 무엇을 말씀할 것인지를 알고 있기 때문이었다.

"비구들이여! 지금 여래는 너희들에게 마음을 집중하여 알릴 것이 있느니라. 명심해서 듣는 것이 좋으리라. 비구들이여! 만들어진 것은 결국 멸하는 것이 아니겠느냐. 그러니 게으름 피우지 말고 부지런히 정진하여 수행을 완성해야 하느니라. 여래는 이제부터 석 달 뒤 열반에 들 것이니라."

강당에 모인 비구들이 술렁거렸다. 비구니들은 흐느꼈다. 아난다는 슬픔을 견디기 위해 배에 힘을 주고 어금니를 물었다. 신도들은 참지 못하고 눈물을 흘렸다. 그러나 부처님은 담담했다. 자신의 열반조차 삶의 일부로 여기며 앞으로 다가올 석 달 뒤의 열반을 조용하게 얘기하고 있었다. 부처님이 마음을 담아 나직한 목소리로 시를 읊조렸다. 그제야 강당 안의 술렁거림이 가라앉았다.

이 몸에도 늙음은 닥쳐오고
생명의 불꽃 사그라지나니
자, 버려야 하지 않겠는가,
자신을 귀의처로 하여.

비구들이여! 게으름 피우지 말고
바르게 사념하여 선계善戒를 지키고
사유를 다스리며
자신의 마음을 지켜라.

내가 설한 법과 율을 통해
결코 게으름 없이 정진하면
세세생생 윤회를 끝내고
괴로움의 끝이 다하리라.

그러나 사문들과 신도들은 "세존이시여, 웨살리성에 더 머물러 주소서." 하고 간절한 눈빛을 보냈다. 이에 부처님은 미소를 지었다. 곧바로 웨살리성을 떠나지는 않겠다는 미소였다. 실제로 부처님은 자신의 열반을 선언하고 나서도 웨살리성에 며칠 더 머물면서 탁발도 하고, 거리로 나가 사람들의 귀의를 받았다.

그날도 부처님은 아난다를 데리고 웨살리성 거리로 나가 탁발하고 마을에서 공양을 했다. 그날따라 부처님은 공양을 마치고 거리를 돌아 나오면서 아쉬운 듯한 표정을 지었다. 사랑하는 것들과 이제는 헤어져야 한다는 눈빛이었다. 아난다는 그러한 부처님 표정과 눈빛을 보고서는 '무심하게 사물을 바라보는 코끼리' 같다고 느꼈다.

얼마쯤 웨살리성 마을과 거리를 바라보던 부처님이 아난다에게 말했다.

"아난다여! 여래가 웨살리성 마을과 거리를 보는 것도 마지막이구나."

아난다는 자신도 모르게 마음속으로 중얼거렸다.

'세존께서 웨살리성 마을과 거리와 사람들을 너무도

사랑하셨음이 틀림없다. 얼마나 사랑하셨으면 마지막이라고 저렇게 말씀하실까.'

웨살리성 사람 중에서 망고동산을 기증한 암바빨리도 사랑하셨으리라. 나중에 출가하여 사문이 되는 암바빨리의 두 아들, 비마라와 콘단냐도 각별히 사랑하셨을 것이다.

그날 밤이었다. 보름달이 웨살리성 거리를 환히 비추었다. 웨살리성 거리는 호수처럼 적막했고 개 짖는 소리만 컹컹 들려왔다. 부처님이 아난다를 불러 아주 작은 소리로 말했다.

"보름달을 보고 있자니 마하빠자빠띠 비구니에게 미안한 생각이 드는구나."

"마하빠자빠띠 비구니는 지금 사왓티성 기원정사에 계십니다."

"아니다. 이곳으로 오고 있다."

"이곳으로 오시고 있다는 말씀입니까."

아난다는 믿어지지 않았다. 너무 늙어 걷기조차 힘들 것인데 사왓티성에서 웨살리성까지 걸어오고 있다니 불가능하게 여겨졌다. 그렇다고 부처님의 천안天眼을 부정할 수는 없었다. 마하빠자빠띠는 분명 웨살리성을 향해 오고 있을 것이다.

아난다는 부처님이 마하빠자빠띠에게 미안하다고 한 것이 진심이라고 믿었다. 숫도다나왕이 죽은 뒤, 부처님의 이모 마하빠자빠띠가 출가하려고 했을 때, 부처님은 처음부터 허락하지 않았던 것이다. 아난다는 그때를 생생하게 기억했다.

숫도다나왕이 세상을 떠난 얼마 뒤였다. 부처님은 아난다의 시중을 받으며 까삘라성 교외의 니그로다동산尼拘律園에 머물고 있었는데, 그때 마하빠자빠띠가 까삘라성의 여인들을 대표해서 찾아와 청원했던 것이다.

"세존이시여, 여성도 출가해서 세존의 법과 율에 따라서 수행하도록 허락해 주십시오."

그런데 그 자리에서 부처님은 여성의 출가를 거절했다. 남자를 우대하는 브라만 사회 속에서 여성의 출가가 걱정이 됐고, 산중의 도둑에게 무력할 수밖에 없는 여성의 현실을 고려해서 출가를 받아 주지 않았다. 마하빠자빠띠는 울면서 세 번이나 간청했지만 부처님은 모두 고개를 저었다.

그래도 마하빠자빠띠는 체념하지 않았다. 부처님이 계신 기원정사로 걸어와 문 앞을 떠나지 않고 버텼다. 까뻴라성에서 온 그녀와 여성들은 발이 퉁퉁 붓고 몸은 먼지투성이가 되어 있었다. 마하빠자빠띠는 아난다를 보더니 출가를 허락하도록 부탁한다며 눈물을 쏟았다. 아난다는 부처님이 계신 향실로 가 말했다.

"세존이시여, 마하빠자빠띠와 까뻴라성의 사꺄족 여성들이 울면서 문밖에 서 있습니다. 부디 그녀들의 출가를 허락해 주십시오."

아난다의 직언에 부처님은 문밖으로 나가 마하빠자빠띠와 까뻴라성의 여성들을 만나 주기는 했지만 출가는 승낙하지 않았다. 세 번이나 간청해도 받아 주지 않자, 아난다는 왜 여성의 출가를 허락해 주지 않는지 궁금했다.

"여성도 세존의 가르침에 따라서 수행한다면 남성과 똑같이 깨달음에 이를 수 있지 않습니까."

"아난다여, 수행을 완성한다면 누구든지 깨달음에 이

를 수 있느니라."

"그렇다면 왜 마하빠자빠띠님의 출가를 허락하지 않는 것입니까. 불평등하지 않습니까."

부처님은 아난다의 항변을 듣더니 침묵했다.

"마하빠자빠띠님은 마야부인께서 돌아가신 뒤부터 세존께 당신의 젖을 먹이신 분입니다. 세존을 친아들처럼 정성을 다해 키우신 분입니다. 어찌 은혜를 잊으시려고 합니까. 세존께서 깃자꾸따산에서 고행하실 때 마하빠자빠띠님은 세존께서 모기나 독충에 물리지는 않는지, 누더기를 입고 추위에 떨고 있지는 않는지, 날마다 걱정하며 실을 한 올 한 올 뽑아 옷을 만들어 세존께서 성도하신 후 까삘라성에 가셨을 때 드리지 않았습니까."

결국 부처님은 아난다의 간절한 청을 받아들여 여성의 출가를 허락했다. 다만 비구니는 비구보다 더욱 엄중한 계율을 지키도록 했다. 그런데 부처님의 걱정은 기우에 불과했다. 마하빠자빠띠는 이미 나이가 든 비구니였지만 비구들보다 정진을 더 잘했던 것이다.

● 부처님은 아난다의 간절한 청을 받아들여 여성의 출가를 허락했다.

마하빠자빠띠가 웨살리성으로 오는 이유를 부처님은 이미 간파하고 있었다.

"마하빠자빠띠 비구니는 여래를 보고 싶어 오고 있다. 그러나 여래는 이곳을 떠날 것이고 마하빠자빠띠는 이곳에서 입멸할 것이다."

부처님은 자신을 키운 양모였던 마하빠자빠띠 비구니에게 냉정했다. 그녀가 출가 수행자이기 때문이었다. 곧 웨살리성에 도착하여 입멸할 마하빠자빠띠는 부처님의 가르침을 따르는 사문일 뿐이었다. 오고 가는 것은 각자의 인연일 뿐, 부처님은 세속의 인연에 집착하지 않았다.

마하빠자빠띠 비구니

웨살리성을 향해서 늙은 마하빠자빠띠 비구니만 홀로 오고 있는 것은 아니었다. 그녀의 제자인 한 무리의 비구니들이 뒤따르고 있었다. 까삘라성 숫도다나왕의 두 번째 부인으로서 백성들의 국모였지만 지금은 비구니들의 스승이 되어 젊은 비구니들을 이끌고 있었던 것이다. 1백여 명의 비구니들이 줄을 지어 들판의 양 떼가 이동하듯 먼지 날리는 길을 느릿느릿 걸어오고 있었다.

비구니의 무리 속에는 부처님의 속가 부인이었던 야소다라 비구니도 있었다. 마하빠자빠띠가 먼 길을 나서는데 야소다라도 동행하지 않을 수 없었다. 그녀는 마하빠자빠띠를 위해 속가 아들 라훌라 비구와 속가 마부 찬나 비구도 불러 웨살리성까지 안내하게 했다. 비구니들만의 긴 여행은 위험했던 것이다.

야소다라는 싯닷타 태자가 자신에게 한마디 상의도 없이 출가했을 때 자신을 무시했다고 해서 괴로워했던 여자였다. 태자의 출가를 오래전부터 예견했던 터였으므로 분한 감정은 곧 가라앉힐 수 있었지만 데와다하성의 여인으로서 자존심이 상했던 것이다.

"어찌 나를 버려두고 출가할 수 있단 말인가. 데와다하성 숩빠붓다왕의 딸인 나에게 단 한마디 얘기도 없이 어찌 출가할 수 있단 말인가. 나 혼자 라훌라를 어찌 키우란 말인가."

마부 찬나가 싯닷타 태자와 헤어지고 난 뒤 돌아와서 태자의 옷에 붙은 보석들을 건네주자, 야소다라는 정표로 준 보석들을 내팽개치며 태자를 원망했다. 그러나 야소다라는 곧 자신의 방 침상에서 일어났다. 자신에게는 숫도다나왕의 왕위를 물려받게 될 아들 라훌라가 있었고, 시아버지인 숫도다나왕에게 자신의 나약한 모습을 보이기 싫었기 때문이었다.

　야소다라는 현실적인 데다 총명한 여자였다. 숫도다나왕이 자신을 무시하지 않고 호의를 갖도록 노력했다. 태자가 깨달음을 얻을 때까지 침상에 눕지 않을 것이고, 화장하거나 화려한 옷을 입거나 맛있는 음식을 먹지도 않겠다고 선언했다. 비록 왕궁에 있지만 동굴과 거리에서 고행하는 태자와 같이 생활하겠다고 사꺄족 사람들에게 말했다.

　숫도다나왕은 태자를 걱정하는 야소다라가 고마웠다. 비록 태자를 잃었지만 야소다라와 라훌라가 있어 위안이 됐다. 그런 까닭에 숫도다나왕은 마하빠자빠띠가 낳은 아들 난다가 있지만 라훌라에게 더욱 정이 갔고, 왕위만큼은 라훌라에게 물려주려고 생각했다. 부처님이 정각을 이룬 뒤, 6년 만에 까삘라성에 왔을 때도 숫도다나왕은 야소다라를 위해 다음과 같이 말해 주었던 것이다.

　"세존이시여, 야소다라는 당신께서 황색 가사를 입고 있다는 소식을 듣고는 자신도 황색 천의 옷을 입고, 당신께서 하루에 한 끼밖에 드시지 않는다고 하여 자신도 하루에 한 끼밖에 먹지 않았습니다. 세존이시여, 야소다라는 이와 같은 공덕을 지었습니다."

"대왕이시여, 야소다라는 전생에도 금생에도 자신의 몸을 잘 지킨 공덕으로 반드시 선과善果를 받을 것입니다."

야소다라가 받을 선과란 출가를 뜻했다. 부처님은 야소다라가 자신의 전생과 금생의 공덕으로 때가 되면 출가하여 비구니가 될 것이라는 사실을 이미 천안으로 보고 있었던 것이다. 그러나 숫도다나왕이 있는 자리에서는 오해를 사지 않기 위해 야소다라의 출가를 거론하지 않았다.

부처님의 생각대로 야소다라는 숫도다나왕이 죽은 뒤, 마하빠자빠띠를 따라서 웨살리성으로 가 머리를 깎았다. 그녀는 비구니가 되고 나서야 태양의 후예이자 데와다하성 숩빠붓다왕의 딸이라고 내세우는 자존심을 버렸다. 오히려 평등한 불성을 깨닫지 못하고 우쭐했던 자신을 부끄럽게 여기고 참회했다. 비구니가 된 야소다라가 진정으로 참회한 데에는 마하빠자빠띠의 충고도 영향이 컸다.

"사꺄족의 자긍심을 잃지 말아야 합니다. 태자가 부처님이 됐듯 태자비는 제1일의 비구니가 돼야 합니다. 자존심을 버릴 수만 있다면 머잖아 깨달음을 얻어 누구나 다 존경하는 비구니가 될 것입니다."

태자비 시절 야소다라의 자존심은 이미 소문나 있었다. 태자비로 간택되어 까삘라성에 입성할 때부터 야소다라는 자신의 도도한 면모를 드러냈다. 성안의 처녀들은 천으로 얼굴을 가리고 다녔지만 그녀는 "얼굴에 흠이 없는데 가릴 게 뭐 있느냐."라며 맨얼굴로 고개를 쳐든 채 걸어왔던 것이다. 뿐만 아니라 부처님이 성도한 뒤 까삘라성을 찾았을 때도 그녀는 부처님을 나가서 맞이하지 않고 휘장이 내려진 방 안에서 기다렸다. 그리고 아들 라훌라를 불러 부처님에게 가서 유산을 받아오라고 당당하게 말했던 것이다.

마하빠자빠띠는 다리에 힘이 없어 오래 걷지 못했다. 구부정한 다리로 길을 걷다가도 숲 그늘이 나타나면 쉬곤 했다. 야소다라는 갈증을 자주 호소하는 마하빠자빠띠 옆에서 물병을 들고 극진하게 보살폈다.

"야소다라, 얼마나 더 가야 합니까. 내 아들 세존을 빨리 뵙고 싶습니다."

"라훌라 비구에게 알아보니 10유순 정도 남았다고 하고, 찬나 비구에게 알아보니 15유순 정도 남았다고 합니다."

1유순由旬은 황소가 쉬지 않고 하루를 가는 거리를 말했다. 부처님이 머물고 있는 웨살리성은 아직도 멀었다. 마하빠자빠띠 일행이 지나고 있는 곳은 이제 겨우 사리뿟따의 고향 날란다 마을 부근이었다.

라훌라도 마하빠자빠띠 비구니 무리에 끼어 있었다. 야소다라가 "세존께서 중병에 걸리시어 고통받고 계시다고 하니 어서 가보자꾸나." 하고 불렀던 것이다. 마하빠자빠띠는 곁에 라훌라가 있는 것만으로도 위안을 얻었다. 기운이 났다. 라훌라는 마하빠자빠띠보다 앞서 걸으며 해가 지기 전에 잠잘 곳을 미리 정하고 탁발할 마을을 찾곤 했다.

마하빠자빠띠는 숲 그늘에서 쉬다가도 라훌라를 보게

되면 혼잣말처럼 중얼거렸다.

"라훌라여, 그대가 대왕의 허락을 받지 않고 출가했을 때 대왕이 얼마나 슬퍼했는지 압니까."

부처님이 까삘라성을 방문하여 이틀째 되는 날 이복동생 난다와 사꺄족의 많은 청년들을 출가시키더니 7일째 되는 날에는 아들 라훌라마저 출가시켰던 것이다. 그런데 라훌라의 출가는 누구도 예상치 못한 일이었고, 야소다라도 아들의 출가를 막지 못한 데에 자유롭지 못했다. 야소다라가 아홉 살 된 아들 라훌라에게 부처님을 만나 보도록 강요했기 때문이다.

"아들아, 수많은 사문들을 이끌고 계시는 저분이 보이느냐. 황금처럼 빛나는 브라만 같은 저분의 자태가 보이느냐. 저분이 바로 너의 아버지이시다. 저분은 셀 수 없는 재물과 보배를 가지고 계셨다. 그러니 너는 저분 앞에 나아가 '아버지, 저는 당신의 아들 라훌라입니다. 저는 머잖아 왕위를 물려받습니다. 왕이 되려면 많은 재물과 보물이 필요합니다. 그러니 저에게 재물과 보물을 물려주십시오' 라고 말해라."

라훌라는 야소다라의 말을 단 한번도 거스른 적이 없을 만큼 착했던 까닭에 바로 부처님 앞으로 나아갔다. 그런데 라훌라는 부처님의 온화한 자태를 접하고는 할 말을 잃고 말았다. 부처님은 지평선 위에 걸린 석양 같았다. 눈부신 해처럼 보였지만 달처럼 부드러웠다. 거룩하고 아름다웠다.

"부처님이시여, 곁에 서니 황홀하기만 합니다."

라훌라는 부처님 곁에 계속 머물고 있다가 부처님이 니그로다동산으로 돌아가려고 할 때에야 야소다라가 시킨 말을 생각하고는 니그로다동산까지 따라가며 세 번이나 유산을 달라고 더듬거렸다. 그러나 부처님은 사리뿟따를 불러 말했다.

"라훌라는 여래한테서 재물과 보물을 물려받으려고 하는구나. 그러나 그것들은 욕망을 일으켜 고통만 줄 뿐이다. 여래는 라훌라에게 스스로 깨달은 진리라는 보배를 물려주고 싶구나."

"세존이시여, 제가 라훌라에게 당신의 진리를 설하겠습니다."

라훌라는 사리뿟따의 설법을 듣고는 마음을 바꾸어 망설임 없이 출가를 결행했다. 한편 라훌라의 출가 소식을 듣고 가장 놀란 사람은 숫도다나왕이었다. 그러나 출가한 라훌라는 니그로다동산을 떠나지 않았다. 할 수 없이 숫도다나왕이 니그로다동산까지 부처님을 찾아와 하소연하기에 이르렀다.

"세존이시여, 당신이 출가할 때 아버지인 나의 고통은 참으로 컸습니다. 당신의 이복동생 난다가 출가했을 때도 마찬가지였습니다. 이제 왕위를 계승할 라훌라까지 출가하였다니 정신을 잃을 지경입니다. 더구나 나에게 한마디 상의도 없이 라훌라가 출가했다니 할 말이 없습니다. 세존이시여, 약속을 하나 해 주십시오. 앞으로는 누구라도 부모의 허락 없이는 출가를 받아 주지 말아 주십시오."

부처님은 숫도다나왕의 청을 들어주었다. 부모의 허락을 받지 않은 사람은 비구나 비구니가 될 수 없다고 그 자리에서 숫도다나왕에게 약속했던 것이다.

"라훌라여, 아직도 대왕이 그대의 출가를 슬퍼하실 것

같습니까."

"아닙니다. 대왕께서는 기뻐하실 것입니다. 비록 대왕께서 다스리시던 까삘라성은 멸망했지만 세존께서는 진리의 법왕이 되시어 고통받는 중생들을 위해 법을 설하고 있지 않습니까. 더구나 우리 일족 모두가 삼보에 귀의한 세존의 제자들이 아닙니까."

"그대의 말이 모두 옳습니다. 우리 일족은 모두 세존의 제자가 됐습니다. 마부 찬나까지. 얼마나 영광스러운 일입니까."

성질이 고약하고 난폭한 찬나는 싯닷타 태자 시절에 마부를 했고, 까삘라성에서 태자가 탄생한 날에 같이 태어난 인연이 있었다. 그런 이유로 찬나는 출가해서도 부처님과의 가까운 인연을 내세우며 사리뿟따와 목갈라나에게 "나는 사꺄족으로서 부처님과 고향이 같고 누구보다도 가까운 사이지요. 그런데도 당신들 두 사람은 부처님 제일제자라고 세상에 떠들고 다닙니다. 앞으로는 조심하도록 하시오!"라고 비난하여 부처님을 난처하게 한 일도 있었다.

● 상카시아에서 2500년 동안 대대로 살고 있는 사꺄족 후예들

무던한 성격의 아난다도 찬나를 두둔할 수 없어서 부처님에게 "세존께서 입멸하신 뒤에도 찬나가 말썽을 계속 일으킨다면 어떻게 해야 좋겠습니까?"라고 물었고, 그때 부처님은 "많은 비구들의 힘을 빌려 브라흐마단다 벌을 주라."는 지침을 내린 적도 있었다. 브라흐마단다 벌이란 계율을 어긴 사문을 교단에서 내쫓지는 않되 모두가 철저하게 침묵으로 죄진 이를 외면하는 벌칙을 말했다. 그러나 자애로운 마하빠자빠띠는 찬나를 늘 한 가

족처럼 따뜻하게 받아 주었고, 부처님을 마지막으로 친견하게 될지도 모르는 긴 여행길에 끼워 주었다.

그렇다고 해서 찬나의 불만이 조금이라도 수그러든 것은 아니었다. 찬나는 웨살리성으로 가는 도중에도 간간이 시비를 일으켰다. 사리뿟따와 목갈라나가 이미 입적하고 없는데도 "까삘라성의 사꺄족이 교단의 중심이 돼야 한다."라는 둥하며 마가다국의 브라만 출신 비구들에게 반감을 드러냈고, "나는 오래전 까삘라성에서부터 태자를 모신 공덕이 있는 사람이다."라는 둥, 세속의 일을 들먹이며 과시했다.

그런데도 마하빠자빠띠는 찬나를 측은하게 여겨 어느 누구도 옹호하지 않는 찬나를 감쌌다. 찬나는 사문들 모두에게 외면을 당했다. 마하빠자빠띠는 임시 숙소인 사당에서 야소다라에게 말했다.

"찬나는 아주 단순한 사람이에요. 사꺄족에 대한 자부심이 너무 강해 교단을 이끌었던 사리뿟따와 목갈라나 비구를 비방했고, 그래서는 안 된다는 세존의 훈계를 가볍게 받아들인 죄가 있지만 결코 악의가 있는 사람은 아니에요."

　그래도 라훌라는 마하빠자빠띠의 말을 이해하지 못했다. 출가한 비구가 세속의 인연을 벗어나지 못한 채 얽매여 있다는 것은 부끄러운 일이었다. 라훌라는 웨살리성이 아직 멀었는데도 벌써 고민이 되었다. 웨살리성에 도착하여 부처님을 친견하게 되면 찬나가 또 교단에서 무슨 말썽을 일으킬지 모르기 때문이었다.

　라훌라는 사당에서 나와 석양을 바라보며 자신도 모르게 합장했다. 강가강으로 합류하는 샛강 너머로 석양이 뉘엿뉘엿 지고 있었다. 라훌라는 어둑한 강물 너머의 석양이 부처님의 거룩한 모습 같다고 생각했다. 아홉 살 되던 해에 까삘라성에서 부처님을 처음 보았을 때의 황홀한 기억이 문득 떠올랐다. 라훌라는 지평선을 붉게 물들이는 노을에 휩싸였다.

● 라훌라는 어둑한 강물 너머의 석양이 부처님의 거룩한 모습 같다고 생각했다.

윤회를 초월하는 가르침

마하빠자빠띠 일행이 웨살리성에 도착하기 얼마 전이었다. 부처님이 탁발하고 마하와나 강당으로 돌아와서는 아난다를 불렀다.

"아난다여, 이제 반다 마을로 가자."

아난다는 즉시 부처님의 가사와 발우를 챙겨 드렸다. 부처님이 이동할 때 챙기는 물건이라고는 오직 그것뿐이었다. 지닌 것이 없으니 어디로 가든 몸은 홀가분하고 바로 그 자리에서 일어설 수 있었다.

반다 마을은 꾸시나라로 가는 길목에 있는 첫 마을이었다. 웨살리성 거리에서 마지막으로 탁발한 마하와나 강당의 비구들이 부처님을 뒤따랐다. 비구의 무리 중에는 쭐라빤타까 비구도 있었다. 부처님은 그를 보고는 미소를 지었다.

쭐라빤타까의 어머니는 라자가하성에 살던 한 장자의 딸이었고, 그의 아버지는 그 집 머슴이었다고 전해지고 있었다. 멀리 도망가 살던 어머니가 친정으로 가는 도중 작은 길에서 그를 낳았다고 해서 쭐라빤타까라고 불렀다. 그의 형은 큰길에서 태어났다고 해서 마하빤타까라고 불렀다. '쭐라'는 작다, '마하'는 크다라는 뜻이고, '빤타까'는 길이라는 뜻이었다.

쭐라빤타까는 태어날 때부터 몹시 우둔했다. 〈본생담〉에 의하면 깟사빠부처님 때의 그는 깟사빠부처님의 총명한 제자였는데, 깟사빠부처님의 가르침을 잘 외우지 못한 한 비구를 조롱하고 다녔기 때문에 금생에 우둔한 과보를 받을 수밖에 없었다.

그러나 부처님과의 인연이 있었으므로 쭐라빤타까는 영리한 형이 먼저 출가하자, 자신도 뒤따라서 부처님의 제자가 되었다. 마하빤타까는 동생을 어엿한 비구로 만들기 위해 부처님의 가르침을 빨리 외우도록 했다. 형은 우둔한 동생을 위해서 짧은 게송 하나를 들려주었다.

> 진홍빛 연꽃이 새벽에 피어나 향기를 내뿜는 것과 같이
> 푸른 하늘에 빛나는 태양과 같이
> 세상을 널리 비추어 밝히는 부처님을 보라.

그런데 쭐라빤타까는 넉 달이 지나도록 게송을 외우지 못했다. 형은 화가 치밀어 "너는 비구가 될 수 없다."라고 하면서 쭐라빤타까를 정사에서 쫓아 버렸다. 쭐라빤타까는 정사에서 나와 어디로 갈지 모른 채 허둥댔다. 그때 부처님이 그를 발견하고는 말했다.

"쭐라빤타까여, 왜 거기 서 있느냐."

"형이 저를 쫓아냈습니다."

"쭐라빤타까여, 너는 나에게 출가하지 않았느냐. 그러니 너는 형이 쫓아냈더라도 나에게 와야 하는 것이다. 자, 내가 머물고 있는 곳으로 가자꾸나."

부처님은 정사로 돌아온 뒤, 쭐라빤타까에게 숙제를

●쭐라빤타까여, 비구들의 신발에 묻은 먼지를 털어라.

하나 내주었다. 부처님은 그에게 무엇을 외우게 하지 않고 같은 행동을 반복하게 했다.

"너는 내 정사에 찾아오는 비구들의 신발에 묻은 먼지를 털어라."

"그러면 저도 훌륭한 수행자가 될 수 있습니까."

"그렇다. 그러나 비구들의 신발에 묻은 먼지는 쉽게 없어지지 않을 것이다."

쭐라빤타까는 밤낮으로 비구들의 신발에 묻은 먼지와 흙을 털고 닦았다. 조금도 요령을 피우지 않고 오랫동안 부처님이 시킨 대로만 했다.

그러던 어느 날, 쭐라빤타까의 눈에 신발에 묻은 먼지가 마음의 번뇌로 보였다. 그래서 그는 비구들의 신발에 묻은 먼지를 닦으면서 마음의 번뇌까지 없애기 시작하였다. 부처님이 그의 그런 변화를 보고서 그를 불러 말했다.

"신발만이 더럽다고 생각해서는 안 된다. 마음도 이와 같다. 번뇌를 없애야 한다."

쭐라빤타까는 부처님의 가르침을 바로 알아차렸다. 그런 뒤 곧 아라한이 되었다. 마음의 번뇌가 말끔하게 사라진 뒤에는 신통력도 얻었다. 그제야 쭐라빤타까는 자신이 깟사빠부처님 시절에 한 비구를 조롱한 과보를 지금껏 받아왔다는 사실도 깨달았다.

그래도 쭐라빤타까가 윤회마저 초월한 것은 아니었다. 부처님은 쭐라빤타까를 바라보면서 반다 마을 사당에서 많은 비구들에게 윤회를 초월하는 네 가지 가르침을 설했다.

"비구들이여! 사람들은 네 가지 가르침을 깨닫지 못하고 통달하지 못했기 때문에 오랫동안 이 세상에서 저 세상으로 유전하고, 끝없이 여기저기를 떠돌아다니는 것이다. 네 가지 가르침이란 무엇인가.

비구들이여! 사람들은 첫 번째 성스러운 계율을 깨닫지 못하고 통달하지 못했기 때문에 오랫동안 이 세상에서 저 세상으로 유전하면서 끝없이 여기저기를 떠돌아다니는 것이니라.

비구들이여! 사람들은 두 번째 성스러운 선정을 깨닫지 못하고 통달하지 못했기 때문에 오랫동안 이 세상에서 저 세상으로 유전하면서 끝없이 여기저기를 돌아다니는 것이니라.

비구들이여! 사람들은 세 번째 성스러운 지혜를 깨닫지 못하고 통달하지 못했기 때문에 오랫동안 이 세상에서 저 세상으로 유전하면서 끝없이 여기저기를 돌아다니는 것이니라.

비구들이여! 사람들은 네 번째 성스러운 해탈을 깨닫지 못하고 통달하지 못했기 때문에 오랫동안 이 세상에서 저 세상으로 유전하면서 끝없이 여기저기를 돌아다니는 것이니라."

● 비구들이여, 삶은 이 세상에서 저 세상으로 유전하느니라.

부처님의 설법은 뜻밖에 길어졌다. 한 사람이라도 더 깨닫게 하겠다는 절절한 마음으로 설하고 있었다.

"반대로 비구들이여! 성스러운 계율을 깨달아 그것에 통달하고, 성스러운 선정을 깨달아 그것에 통달하고, 성스러운 지혜를 깨달아 그것에 통달하고, 성스러운 해탈을 깨달아 그것에 통달한 사람은 생에 대한 갈애를 끊고 생의 원인을 멸함으로써 다시 태어남을 받지 않느니라."

부처님의 가르침은 가랑비처럼 비구들의 영혼을 적셨다. 곡진하고 자애로웠다. 마치 아름다운 시를 읊조리는 듯했다.

계戒, 정定, 혜慧, 해탈解脫
이것이야말로 더없는 가르침이네
이것들을 깨달은 고따마는
그 이름 세상에 널리 알려지리.

진리를 깨달은 붓다는
제자 비구들에게 설하고
괴로움 다하는 눈을 얻나니

큰 스승 열반에 드는구나.

부처님은 반다 마을 사당에서 윤회를 초월하는 네 가지 가르침 외에도 과보와 이익에 대해서도 설했다.

"계를 두루 닦은 선정에는 큰 과보와 이익이 있고, 선정을 두루 닦은 지혜에도 큰 과보와 이익이 있나니, 지혜를 두루 닦은 마음에는 애욕과 생, 견해와 근본무지 등의 번뇌로부터 바르게 해탈할 수 있느니라."

부처님이 네 가르침을 설하는 동안 쭐라빤타까는 눈물을 흘리며 부처님의 신발에 묻은 먼지를 털었다. 부처님 곁으로 가까이 다가가지 않고서도 신통력으로 말끔하게 먼지를 털었다. 반다 마을로 오는 동안 부처님의 신발에 먼지와 흙이 묻었던 것이다.

그런 사실은 아난다도 미처 모르고 있었다. 다만 부처님만이 쭐라빤타까의 신통력을 알아채고서는 쭐라빤타까 쪽을 응시하면서 고개를 끄덕여 주었다. 그런데 마하깟사빠는 여전히 보이지 않고 있었다. 누구보다도 먼저 와 부처님의 안부를 살펴야 하는데도 나타나지 않고 있는 것이었다. 아난다는 마음속으로 몹시 섭섭해했다.

이윽고 아난다는 비구들이 물러가고 부처님이 쉬는 휴식 시간을 이용해 물었다.

"세존이시여, 마하깟사빠 비구가 보이지 않습니다."

"마하깟사빠는 여래와 같은 경지에 오른 비구니라. 그러니 내 설법을 더 이상 들을 필요가 없는 것이다."

"세존께서 중병을 앓았는데도 문병하지 않는 것은 제자로서 예의가 아닙니다."

"아난다여, 나를 문병하는 것보다 두타수행자인 마하깟사빠나 공空의 도리를 잘 이해하고 있는 수부띠는 어리석은 비구들을 한 사람이라도 더 깨우쳐 줘야 하느니라. 바로 그것이 그들이 할 일이니라."

아난다는 마하깟사빠나 수부띠에 대해서 더 이상 말을 꺼내지 못했다. 부처님은 두타수행자인 마하깟사빠를 늘 자신의 분신처럼 생각했다. 마하깟사빠도 마찬가지로 부처님을 늘 지극하게 공경했다. 라자가하성 죽림정사에

두타수행 의식주의 일상생활에서 소욕지족을 실천함으로써 탐욕에서 벗어나고자 노력하는 수행법의 하나

있을 때였다. 어느 날 탁발하고 돌아오면서 마하깟사빠가 자신의 가사를 네 겹으로 접어 부처님이 앉을 자리를 마련했다. 그때 마하깟사빠는 "옷이 매우 부드럽다."라고 칭찬하는 부처님에게 "부디 저의 가사를 받아 주십시오."라고 말했는데, 부처님은 마하깟사빠의 청을 받아들여 자신의 누더기와 바꿔 입었던 것이다. 그때부터 마하깟사빠는 부처님에게 물려받은 낡고 거친 옷만 입고 다녔다.

그런데 그 누더기가 부처님의 옷인 줄 모르고 마하깟사빠를 비웃는 비구들도 있었다. 마하깟사빠가 기원정사에 들렀을 때였다. 부처님이 설법을 시작하기 전에 마하깟사빠에게 가까이 오도록 했다. 갑자기 비구들이 수군거렸다.

'저 사람은 누구인가. 낡은 누더기를 걸치고 부처님 앞에 앉아 있다니.'

부처님의 귀에까지 비구들의 수군거리는 소리가 들렸다. 그러자 부처님이 마하깟사빠를 불러 말했다.

"마하깟사빠여, 여래의 자리를 반으로 나눠 줄 터이니 여기에 함께 앉자꾸나. 마하깟사빠여, 여래와 너 가운데

누가 먼저 출가했느냐."

마하깟사빠가 대답했다.

"세존께서는 저의 스승이십니다. 저는 세존의 제자입니다."

"그렇다. 여래는 너의 스승이고 너는 여래의 제자이다. 그렇기 때문에 여기에 나와 함께 앉자는 것이다."

부처님의 말에 비구들의 수군거림이 사라졌다. 비구들은 마하깟사빠를 보고는 온몸의 털이 곤두서는 것을 느꼈다. 부처님이 당신과 같은 경지에 오른 성자라는 사실을 '함께 앉는 것'으로써 보여 주고 있기 때문이었다.

원숭이들이 끽끽 하고 몰려왔다가는 향실에서 타는 전단향나무 연기를 맡고는 살라나무 숲 쪽으로 물러갔다. 전단향나무 연기는 부처님의 가르침처럼 비구들의 가사에 스며들었다.

비구들이여, 경과 율만 받들라

야소다라는 숨을 헐떡이는 마하빠자빠띠가 얼마 살지 못할 것이라는 예감이 들었다. 마하빠자빠띠는 걷는 것조차 힘들어 하고 있었다. 조금만 걸어도 다리가 휘청거렸다. 그럴 때마다 야소다라와 라훌라는 마하빠자빠띠를 부축했다. 라훌라와 찬나가 모닥불을 피우려고 나뭇가지를 줍고 있는 동안 야소다라가 다가와 걱정했다.

"세존이 계시는 웨살리성은 아직 멀었습니까."

"얼마 남지 않았습니다."

그들은 아직도 부처님이 웨살리성에 머물고 있는 줄 알고 있었다. 나뭇가지들은 마하빠자빠띠의 팔다리처럼 바짝 말라 있었다. 해가 지려면 아직 멀었으나 마하빠자빠띠의 쇠진한 기력을 감안해서 라훌라는 벌써부터 여러 비구니들과 함께 노숙할 준비를 하고 있었다.

"우리 일행이 가는 동안에 할머니께서 쓰러지시면 큰 일입니다."

"라훌라여, 마을이 나타나면 할머니께서 기력을 회복하실 때까지 머물면 안 되겠습니까."

"그것은 안 됩니다. 지금 우리가 웨살리성으로 가는 이유는 단 한 가지입니다. 세존을 문병하고자 가고 있지 않습니까."

"라훌라여, 할머니께서는 이제 걷는 것조차 힘들어 하십니다. 내게 방법이 하나 있습니다. 할머니께서 느리게라도 쉬지 않고 걸어야 합니다. 웨살리성이 얼마 남지 않았다고 말씀드리면 마지막 힘을 낼 것입니다."

라훌라는 속가 어머니였던 야소다라의 말에 솔깃했지만 곧 마음을 바꾸었다. 웨살리성으로 빨리 가서 부처님을 친견하는 것도 좋은 일이지만, 농담이라도 거짓말하지 않는 것이 사문으로서 더 중요한 일이기 때문이었다.

거짓말은 사문으로서 공덕을 버리고 뒤집는 일이라고 일찍이 부처님께 법문을 들었던 것이다.

"그것은 옳지 않은 방법입니다. 세존께서는 일찍이 저에게 다음과 같이 법문을 하신 적이 있습니다."

부처님이 라훌라에게 '거짓말 하지 말라'고 법문한 것은 죽림정사에 계실 때였다. 그때 라훌라는 죽림정사 부근의 암발라띠까에 있었다. 부처님은 저녁나절의 선정에서 깨어나 라훌라가 머물고 있는 암발라띠까로 간 적이 있었다. 라훌라는 부처님이 오는 것을 보고 자리를 준비하고 발 씻을 물을 항아리에 떠왔다.

부처님의 두 발은 발바닥부터 발등까지 회칠을 한 것 같았다. 죽림정사 부근은 유독 먼지가 풀풀 날렸다. 사람들이 죽림정사 주변에 모여 살면서 저잣거리가 형성되었고, 마차들의 운행이 잦았던 것이다. 부처님은 라훌라가 마련한 자리에 앉아 당신의 발을 천천히 씻었다. 라훌라는 엎드려 삼배를 하고 조용히 한쪽에 앉았다.

부처님은 일부러 항아리에 물을 조금 남겼다. 그런 뒤 라훌라에게 말했다.

"라훌라여, 이 항아리에 물이 조금 남아 있는 것이 보이느냐."

"세존이시여, 보입니다."

"거짓말하고도 부끄러워하지 않는 사문의 공덕은 이 물과 같이 적으니라."

부처님은 남아 있던 물을 마저 비우고는 라훌라에게 물었다.

"라훌라여, 남은 물을 버리는 것을 보았느냐."

"세존이시여, 보았습니다."

"거짓말하고도 부끄러워하지 않는 이는 사문의 공덕을 이 물과 같이 버리는 것이니라."

부처님은 항아리를 뒤집더니 다시 말했다.

"라훌라여, 뒤집어진 빈 항아리가 보이느냐."

"세존이시여, 보입니다."

"거짓말하고도 부끄러워하지 않는 이는 사문의 공덕을 이 항아리와 같이 뒤집어 버리는 것이니라."

부처님은 다시 빈 항아리를 바로 놓으며 말했다.

"라훌라여, 이 항아리가 비어 있는 것이 보이느냐."

"세존이시여, 보입니다."

"거짓말하고도 부끄러워하지 않는 이는 사문의 공덕이 이 항아리와 같이 텅 비게 되느니라. 또한 거짓말하고도 부끄러워하지 않는 이는 좋지 못한 행동도 함부로 하게 되느니라. 그러니 '나는 농담이라도 거짓말하지 않으리라' 하고 자기 자신을 단련해야 하느니라."

부처님이 라훌라에게 거짓말하지 말라고 법문한 것은 라훌라가 사람들에게 거짓말을 하였기 때문이 아니라 앞으로 수행하면서 거짓말의 유혹으로부터 자신을 잘 지키라는 당부였으며, 거짓말하지 않겠다고 자신과 약속하라는 뜻이었다. 그리고 자기 자신을 속이지 않는 수행자가 되라는 가르침이었다.

야소다라는 라훌라에게 '거짓말하지 말라'는 부처님의 법문을 전해 듣고서 몹시 부끄러워했다. 마하빠자빠띠에게 거짓말하려고 했던 자신을 책망했다. 얼굴을 움켜쥐고는 어찌할 바를 몰랐다. 야소다라가 두 손으로 얼굴을 감싼 채 말했다.

"라훌라여, 얼굴을 들 수 없습니다. 스스로 수행자의 공덕을 버리고 뒤집으려 했다니 참으로 부끄럽습니다."

"너무 부끄러워하지 마십시오. 세존께서는 날마다 거울로 자신을 비춰보듯 행동하고 말하고 생각하라고 했습니다. 그것이 수행이라고 했습니다. 거듭거듭 자신을 비추어 돌아본 뒤에 행동하고, 거듭거듭 자신을 비추어 돌아본 뒤에 말해야 하고, 거듭거듭 자신을 비추어 돌아본 뒤에 생각해야 한다고 하셨습니다."

그날 밤 마하빠자빠띠 일행은 길가에서 밤이슬을 맞으며 노숙했다.

한편, 부처님은 아난다를 앞세워 보가나가라 마을에 도착했다. 보가나가라 마을 사람들은 대장장이 쭌다가 사는 인근의 빠와 마을 사람들보다 잘살지는 못했지만 부처님이 머물 만한 고요한 아난다 영지가 있었다.

부처님은 아난다 영지에서 자신이 열반한 뒤에 올 비구들의 혼란을 처음으로 생각했다. 보고 말하는 눈과 입은 제각각이므로 자신의 소견을 부처님의 말이라고 주장하여 비구끼리 서로 비방하고 헐뜯는 일이 발생할 수도 있기 때문이었다.

　그러나 부처님은 자신이 교단을 이끄는 교주라고 생각해 본 적이 없기 때문에 망설이지 않을 수 없었다. 자신은 스승이 되어 제자들에게 법문을 해 왔지만 저절로 형성된 교단에 대해서 이래라 저래라 하고 지시하는 교주가 아니며 길을 가리켜 주는 스승일 뿐 자신이 길이라고 외치는 교주도 아니었던 것이다.

　'그렇다. 나는 교주가 아니기 때문에 스승으로서 지침을 내려야 한다. 네 가지의 큰 교법四大敎法을 내려야 한다.'

　결국 부처님은 '네 가지의 큰 교법'을 설하기로 하고 아난다 영지 주변으로 흩어진 비구들을 모이게 했다. 비구들이 달빛 아래 삼삼오오 모이자 부처님은 설법을 시작했다. 밤안개가 엷게 끼었으나 바람이 불지 않는 밤은 부처님의 목소리처럼 포근했다.

　"비구들이여, 장차 다음과 같이 말하는 비구들이 있을지 모른다. '존자여, 세존께 직접 나는 〈이것이 법法이다. 이것이 율律이다. 이것이 큰 스승의 교설敎說이다〉라는 것

● 어떤 비구의 말이라도 경에서 찾고 율에서 대조해 보아라.

을 듣고 그대로 지키고 있다'라고. 그러나 비구들이여, 너희들은 그 비구의 말을 듣더라도, 그것을 생각 없이 기쁘게 받아들이거나 싫다고 거부해서는 안 된다. 오직 그 말을 잘 파악하고, 그 구절을 경經에서 찾고 율律과 대조해 보아라. 그리고 만약 경에서 찾고 율에서 대조해 본 결과, 경에서도 찾을 수 없고, 율에서도 찾을 수 없다면 '이것은 확실히 세존의 말씀이 아니다. 이 비구의 말은 잘못되었다' 하고 최종적으로 판단하여 받아들이지 말라. 반대로 만약 경에서도 찾을 수 있고, 율에서도 찾을 수 있다면, 그것은 분명히 내가 설한 것이다. 그러면 '이 비구의 말은 올바르다.' 하고 최종적으로 판단하여라. 비구들이여, 이것이 제1의 큰 교법이니라. 잘 받들어 지니도록 하여라."

부처님은 제1의 교법과 같은 방법으로 제2의 교법도 설했다. 장로비구와 상수비구를 모신 비구모임일지라도, 그곳에서 들었다고 주장하는 말도 경과 율에 근거해서 판단하라고 설했다. 제3의 교법도 마찬가지였다. 박식한 장로비구들이 많이 머문 곳에서 들었다고 해도 경과 율에 근거해서 부처님의 설인지 아닌지 판단하라고 당부했다. 제4의 교법도 아무리 존경받는 장로비구의 말이라 할지라도 경과 율에 근거해서 대조해 보고 최종적으로 판단하여 믿으라고 설했다.

모든 학식에 통달하고 법을 알고 논장을 이해하는 훌륭한 비구라 하더라도 그의 말이 경과 율에 부합되어야만 부처님의 설이라는 것이 바로 사대교법의 핵심이었다. 경과 율에서 벗어나면 아무리 그럴듯한 비구의 말이라도 부처님의 가르침이 아니라는 지침이었다.

사대교법의 설법은 단순히 부처님의 열반 직후에 일어날 혼란을 막기 위해서만 한 것은 아니었다. 수천 년이 지난, 세상 문명과 풍속이 복잡하게 달라지고 다양해진 뒤에도 수행자들은 부처님의 법을 변질시키거나 왜곡시키지 말라는 준엄한 당부였다.

아난다는 부처님의 사대교법을 들으면서 마음을 놓았다. 재주는 많으나 성정이 거칠고 급한 발난따 비구의 말에 현혹되는 사람도 간혹 있었던 것이다.

"우리도 자재하지 않은가. 세존은 늘 우리들에게 이렇게 하라, 저렇게 하라 하는데 자재함을 얻은 우리가 언제까지 세존의 간섭을 받아야 하는가."

부처님이 열반한다면 발나따는 더욱더 교만하게 부처님을 험담하고 다닐 것이 뻔했다. 아난다는 가슴을 쓸어내렸다.

'이제 세존께서 사대교법을 설하셨기 때문에 발난따와 그의 무리들에게 동조할 비구들은 없을 것이다. 지난번에는 진리를 등불 삼아 의지하라고 말씀하셨고, 오직

부처님이 법화경을 비롯하여 많은 경전을 설했던 깃자꾸따(영취산) 향실

경과 율만이 당신의 가르침이라고 분명하게 말씀하시니 가슴이 상쾌해지는구나.'

아난다는 부처님이 주무실 침상을 빌리러 어둑한 마을 고샅길로 들어갔다. 고샅길에는 땔감으로 말리는 쇠똥 냄새가 가득했다. 아낙네들이 담벼락에 마른 풀과 쇠똥을 짓이겨 발라놓았기 때문이었다. 말라 가는 쇠똥에서는 향기로운 풀냄새가 났다. 아난다는 모닥불을 피워놓고 불을 쬐고 있는 농부에게 다가가 침상을 빌렸다.

쭌다의 공양

빠와 마을에는 금 세공을 잘하여 부자가 된 쭌다가 살고 있었다. 쭌다는 낮은 계급의 신분이었지만 인색하지 않고 근면하여 마을 사람들로부터 존경을 받았다. 쭌다의 할아버지와 아버지도 대대로 농기구를 만드는 대장장이였다.

금 세공을 하여 큰돈을 번 쭌다는 마을에서 가장 큰 망고동산을 사들여 수행자들이 편안하게 머물다 가도록 했다. 쭌다는 일찍이 신분을 차별하지 않는 부처님의 가르침에 귀의한 사람이었던 것이다.

쭌다는 수행자들이 찾아오면 언제나 요리사들을 불러

서 음식을 만들어 공양했다.

쭌다는 수행자들을 위해 맛있는 음식 재료들을 준비해 두었는데, 이번에는 쭌다 자신이 직접 전단나무 숲에서 채취한 버섯도 있었다. 쭌다가 평생 처음 본 그 버섯은 삭발한 비구의 머리처럼 도톰한 표피가 매끄러웠고, 전단나무 향이 배어 향기로웠다. 온갖 버섯 요리를 즐기는 쭌다였지만 지금까지 단 한번도 보지 못한 희귀한 버섯이었다.

쭌다는 우기에 채취한 그 버섯을 그늘에 말린 뒤 음식 창고에 넣어 두고 누구도 손대지 못하게 하라고 창고지기에게 지시했다. 그 버섯이 희귀한 것처럼 그 버섯을 먹을 수 있는 분은 오직 부처님뿐이라고 생각했기 때문이었다.

쭌다의 소망은 석 달도 못되어 이루어졌다. 보가나가라 마을을 떠난 부처님이 빠와 마을에 도착하여 망고동산에서 휴식을 취하고 있었기 때문이다. 망고동산에 부처님이 계신다는 소식을 전해들은 쭌다는 두근거리는 가슴을 두 손으로 눌러 진정시켰다. 비구들을 통해서 부처님의 가르침을 간접적으로 들었을 뿐, 단 한번도 부처님으로부터 직접 듣지는 못했던 것이다.

'이러고 있을 때가 아니다. 지금 당장 세존께서 머무시는 망고동산으로 가야지.'

쭌다는 서둘러 망고동산으로 갔다. 동산 입구까지만 마차를 타고 가다가 숲 속으로 들어갈 때는 땀을 흘리며 걸어서 갔다. 멀리 망고나무 그늘에 앉아 계신 부처님이 보였다. 어둑한 망고나무 그늘인데도 부처님의 자리는 환하게 빛나고 있었다. 망고나무 잎 사이로 햇살이 쏟아지고 있었다. 햇살은 부처님을 황금빛으로 감쌌다. 쭌다는 부처님의 거룩한 모습에 압도되어 그 자리에서 삼배를 올렸다. 그러자 부처님이 쭌다를 가까이 오도록 이난다에게 지시했다. 쭌다는 감격하여 울음을 터트리듯 말했다.

"세존이시여, 당신의 가르침을 믿고 받들겠습니다."

부처님이 미소를 지었다. 부처님의 자비로운 음성은 망고나무를 스치는 바람처럼 부드러웠다. 쭌다는 정신을

●부처님이 좋아하시어 원숭이들이 공양 올렸다는 망고

잃을 만큼 감격했다.

베풀면 좋은 결실을 얻지만
베풂이 없으면 좋은 결실이 없다네.
도둑들이 훔쳐가거나
왕들이 뺏어가거나
불타서 사라진다네.

모든 재산과 함께

이 몸도 끝내는 버려야 하나니
지혜로운 이여 이것을 알아
자신도 즐기고 보시도 하세.

음식을 베푸는 사람은 남에게 힘을 주는 사람이며
의복을 베푸는 사람은 남에게 아름다움을 주는 사람이며
탈것을 베푸는 사람은 남에게 편안함을 주는 사람이며
등불을 베푸는 사람은 남에게 밝은 눈을 주는 사람이며
집을 베푸는 사람은 남에게 모든 것을 주는 사람이며
부처님의 가르침을 베푸는 사람은 남에게 윤회를 끊어
주는 사람이다.

쭌다는 가슴이 벅차 눈물을 흘렸다. 잠시 숨을 고른 쭌다가 부처님에게 말했다.

"세존이시여! 내일 세존께 공양을 올리고자 하오니 비구스님들과 함께 저의 집에 오신다면 더없이 기쁘겠습니다."

부처님이 침묵으로 허락하자 쭌다는 부처님의 발에 입을 맞춘 뒤 오른쪽으로 돌아 예의를 표하고는 망고동산을 떠났다.

이튿날, 쭌다는 요리사들에게 여러 가지 요리를 지시하며 바쁘게 움직였다. 젊은 비구들은 딱딱한 음식을 좋아했고 나이 든 비구들은 부드러운 음식을 좋아했던 것이다. 쭌다는 경험이 풍부한 요리사에게 음식창고에 보관해 왔던 스카라 맛다바를 맡겼다. 자신이 전단나무 숲에서 발견해 따온 희귀한 버섯이었다. 요리사는 처음 보는 버섯을 큰 접시 위에 놓고 어떻게 요리해야 할지 몰라 당황했다.

"쭌다님, 이 버섯에는 독이 있을지도 모릅니다."

"왜 그러느냐."

"예로부터 아름답게 생긴 버섯에는 독이 있다고 했습니다."

"좋은 버섯에는 향기가 있느니라."

"향기는 버섯에서 나는 것이 아니라 전단나무 향이 밴 것입니다."

스카라 맛다바 연한 돼지고기라는 뜻도 있다.

"너는 내 마음을 모르는구나. 나는 거룩하신 세존께 이 진귀한 버섯을 요리해 드려야겠다."

요리사는 쭌다의 지시를 거역하지 못하고 쇠똥 불에 버섯을 익혔다. 버섯이 오글오글해지자, 가는 소금을 뿌리고 야채를 얹어 들기름을 골고루 발랐다. 쭌다는 버섯 요리가 완성된 것을 보고는 사람을 부처님에게 보내 "세존이시여, 때가 왔사옵니다. 공양 준비가 다 됐습니다." 하고 고하도록 했다.

그러자 부처님이 가사를 수하고 발우를 들고서 비구들과 함께 쭌다의 집으로 향했다. 해가 하늘 한가운데로 치닫고 있는 정오 직전이었다. 쭌다 집 정원에는 음식 탁자들마다 구수한 짜빠띠가 가득 놓여 있었는데, 부처님이 앉을 자리는 정원 중심에 마련되어 있었다.

부처님은 쭌다의 안내를 받아 자리에 앉았다. 요리사가 정성을 들여 만든 버섯 요리는 부처님 앞에 놓인 접시에 가장 많이 담겨 있었고, 그 밖의 탁자에는 맛이라도 보라는 듯 조금씩 놓여 있었다. 부처님은 버섯 요리를 보자마자 쭌다에게 말했다.

● 순례자들이 깃자꾸따(영취산) 향실에 올린 공양물

"쭌다여, 이 버섯 요리는 모두 내 앞으로 가져오너라. 비구들에게는 대신 다른 요리를 올리도록 하라."

"잘 알았습니다, 세존이시여."

쭌다는 영문을 모른 채 부처님의 지시대로 했다. 그러자 비구들이 민망하고 섭섭한 표정을 지었다. 일찍이 겪어 보지 못한 일이었다. 눈앞에 있는 버섯 요리를 맛보지 못하는 것이 아쉽다는 표정들이었다.

'세존께서는 왜 저 버섯 요리를 혼자만 드시는 것일까. 탁한 돼지고기나 양고기도 아닌데 이상한 일이다.'

부처님의 태도를 가슴 뿌듯하게 여기는 사람은 쭌다뿐이었다. 부처님께 버섯 요리를 올린 자신이 한없이 자랑스러웠다.

'저 버섯 요리를 드실 자격이 있는 분은 오직 세존뿐이시구나. 저 버섯 요리는 깨달으신 분만 드시는 음식인지도 모른다.'

쭌다는 부처님에게 올리는 공양이 얼마나 큰 기쁨을 주는지 새삼 깨달았다. 부처님은 공양을 마치고는 쭌다에게 말했다.

"쭌다여! 남은 버섯 요리는 구덩이를 파고서 모두 묻어야 한다."

"세존이시여, 남은 버섯 요리를 다른 사람이 먹으면 안 되는 것입니까."

"그렇다. 이 버섯 요리를 먹더라도 소화를 시킬 수 있는 사람은 여래밖에 없느니라. 신이나 브라만, 비구도 이 버섯 요리를 소화시키지 못하느니라. 악마나 범천도 소화시키지 못하느니라."

"잘 알았사옵니다. 세존이시여!"

쭌다는 자신의 짐작이 옳았던 것 같아 의기양양하게 큰소리로 말했다. 쭌다는 즉시 남은 버섯 요리를 구덩이에 묻고 돌아와 부처님 옆에 앉았다. 부처님이 공양하기 전과 마찬가지로 쭌다에게 다시 가르침을 설했다.

> 험한 여행길의 친구처럼
> 조금 있어도 나누어 주는 사람은
> 죽은 자들 가운데 죽지 않는다.
> 이것은 아주 오래전의 도리이다.

어떤 이는 조금 있어도 베풀고

어떤 이는 많아도 베풀지 않으니

조금 있어도 베푸는 보시는

천 배의 가치가 있다.

주기 어려운 것을 주는 사람들

하기 어려운 것을 하는 사람들

옳지 못한 사람은 흉내 낼 수 없으니

옳은 사람의 가르침은 따르기 쉽지 않네.

옳지 못한 사람과 옳은 사람은

죽은 후 가는 곳이 다르니

옳은 사람은 좋은 곳으로 가고

옳지 못한 사람은 나쁜 곳으로 간다네.

부처님은 이 밖에도 여러 가지 가르침을 더 설하여 쭌다를 기쁘게 한 뒤 그곳을 떠났다. 그러나 부처님은 망고 동산으로 돌아온 뒤 배를 움켜쥐었다. 버섯의 독이 온몸에 퍼지고 있었던 것이다. 부처님이 비구들에게 버섯 요리를 먹지 못하게 하고, 남은 버섯 요리를 구덩이에 묻어 버리도록 쭌다에게 지시한 이유는 버섯에 독이 있다는 것을 알고 있었기 때문이었다.

아난다의 얼굴은 사색으로 변했다.

"세존이시여, 갑자기 왜 그러십니까."

"쭌다가 공양한 버섯에는 독이 있었느니라."

부처님은 이미 태자 시절에 스승으로부터 다양한 지식을 습득하여 버섯의 종류까지도 외워 잊지 않고 있었던 것이다.

"그런데 왜 드셨습니까."

"여래는 버섯 요리를 먹은 것이 아니라 공양하고자 하는 쭌다의 마음을 받아들였느니라."

"쭌다의 공양으로 지난번처럼 병을 얻는다면 큰일입니다."

"여래의 열반은 이미 정해져 있는 것이니 여래의 병을 지나치게 걱정하지 말라."

그날 밤 부처님은 피가 섞인 설사를 계속했고 탈진하여 곧 죽을 것 같은 고통을 받았다. 아난다는 부처님의 열반이 지금 곧 닥치는 것이 아닌가 하고 눈앞이 캄캄했다. 아난다가 허둥대고 있는 동안 부처님이 고통을 지그시 견디며 말했다.

"아난다여, 여래는 바르게 생각하고 바르게 깨어 있으니 마음을 놓아도 좋을 것이다."

그제야 아난다는 혼란한 마음에서 겨우 벗어났다. 망고나무 가지에 열린 망고들이 달빛을 받아 번들거렸다. 망고는 부처님의 가사 빛깔처럼 노랗게 익어 있었다.

뻑꾸사, 황금색 옷을 공양하다

부처님이 열반의 땅으로 예정한 꾸시나라는 더욱 가까워지고 있었다. 그러나 부처님은 탈진하여 걸어갈 기운이 없었다. 쭌다의 집에서 먹은 버섯 요리의 독이 온몸에 퍼졌고, 피가 섞인 설사를 계속하여 심한 탈수현상에 시달렸다. 침이 나오지 않았으므로 혀와 입술이 말랐다. 부처님이 나무 그늘 아래서 겨우 말했다.

"아난다여, 가사를 네 겹으로 접어 깔아라. 쉬고 싶구나."

아난다가 가사를 네 겹으로 접어 자리를 만들자 부처님은 아난다의 부축을 받아 가까스로 앉았다. 부처님은

● 아난다여, 물을 길어다 주지 않겠는가. 몹시 목이 타는구나.

잠시 동안 의식을 바르게 집중하고 난 후 아난다에게 말했다.

"아난다여, 물을 길어다 주지 않겠는가. 몹시 목이 타는구나."

아난다는 난감했다. 나무숲 뒤로 흐르는 시냇물은 흙탕물이었던 것이다. 평소에는 맑은 시냇물이었으나 지금은 장사꾼의 수레들이 지나가는 바람에 흙탕물로 변해 있었다. 한꺼번에 수많은 수레들이 지나갔으므로 시냇물이 맑아지려면 한동안 기다려야 했다. 아난다는 사실대로 말했다.

"세존이시여, 지금 막 수많은 수레들이 지나간 탓에 저 시냇물은 흙탕물로 변해 도저히 마실 수 없습니다. 세존이시여, 다행히도 조금 더 가면 까꾸타강이 있사옵니다. 그 강물이라면 물도 깨끗하고 풍부하여 목도 축일 수 있고 목욕도 할 수 있을 것입니다. 그러니 세존이시여, 조금만 참으소서."

그러나 부처님은 견딜 수 없었다. 몸에서 수분이 다 빠져나갔으므로 물을 한 모금이라도 마시지 않으면 몸이 불붙은 장작개비처럼 타 버릴 것만 같았다.

"아난다여, 물을 길어다 주지 않겠는가. 나는 수레들이 지나가는 소리를 듣지 못했다."

아난다는 흙탕물을 부처님에게 바친다는 것이 불경스러워 또 주저했다. 그러자 부처님이 다시 물을 길어다 달라고 부탁했다. 할 수 없이 아난다는 발우를 들고 시냇가로 갔다. 시냇가에는 방금 지나간 수레들의 바퀴 자국이 선명했다. 흙탕물이 풀을 적시고 있었다.

그런데 놀라운 기적이 일어나 있었다. 아난다는 눈을 비비고 시냇물을 들여다봤다. 어느새 흙탕물이 가라앉은 듯 시냇물은 순식간에 맑은 물로 바뀌어 햇살에 반짝였다. 아난다는 발우에 물을 뜨면서 놀랐다.

'불가사의한 일이구나. 놀라운 일이 아닌가. 여래의 신통력과 위신력이 위대하지 않은가.'

아난다는 부처님에게 자신이 보고 느낀 바를 사실대로 말했다.

"세존이시여, 불가사의한 일입니다. 놀라운 일입니다. 여래의 신통력과 위신력이 위대합니다. 세존이시여, 물을 드시옵소서. 목을 축이소서."

부처님이 물을 마시고 기운을 좀 내자, 아난다는 다른 나무 그늘로 가 나무둥치에 등을 기댔다. 도무지 좀 전의 상황이 이해되지 않았다. 흙탕물이 맑은 물로 바뀐 것이 부처님의 위신력이라면, 수레들이 시냇물을 가로지르는 모습과 시끄러운 소리를 듣지 못한 것은 부처님의 선정력이 아닐까 하는 생각이 들었다.

'세존께서는 어찌하여 수많은 수레들이 냈던 시끄러운 소리를 듣지 못한 것일까. 수많은 수레들이 시냇물을 건너가고 있었는데 그것을 보지 못한 것일까.'

아난다는 부처님의 선정력을 추호도 의심해 본 적은 없지만, 그것이 매 순간 지속되고 있다는 사실은 반신반의했던 것이다. 그제야 아난다는 부처님의 위신력과 선정력이 몸의 상태나 처한 상황과 관계없이 순간순간 유지되고 있다는 사실을 깨달았다.

때마침 빠와 마을로 가던 한 무리가 부처님 앞에서 멈추었다. 말라족 사람들이었다. 그 무리 중에서 뿍꾸사가 부처님을 뵙자마자 자신이 궁금해하던 것을 물어왔다.

그는 알라라깔라마를 믿고 따랐는데, 일찍이 부처님의 명성을 듣고 흠모해 왔던 말라족의 큰 부자였다.

"세존이시여, 저는 알라라깔라마의 제자입니다. 청정한 경지란 이런 것인지 모르겠습니다. 저의 스승은 5백 대의 수레가 바퀴 소리를 내며 지나가는데 선정에 들어 보지도 못하고 듣지도 못한 일이 있었습니다. 더구나 스승의 옷에는 수레에서 튀긴 흙탕물이 묻어 있기까지 하였습니다. 스승은 분명 곤히 주무신 것도 아니었습니다. 불가사의하고 아주 드문 일이 아닙니까."

"뿍꾸사여, 그대는 어떻게 생각하는가. 그대의 스승이 보여 준, 5백 대의 수레가 지나갈 때 소리를 듣지 못하고 수레를 보지 못한 경지와 소나기가 내리는 동안 천둥 번개가 치고 벼락이 칠 때 천둥소리를 듣지 못하고 번갯불을 보지 못한 경지가 있다면 어느 것이 더 높은 경지이겠는가."

"세존이시여, 그것은 말할 필요가 없사옵니다."

부처님이 예를 든 선정은 부처님 자신이 실제로 경험한 경지였다. 예전에 아뚜마의 한 집에서 머문 적이 있는

● 성지를 순례하는 티베트 동자승들

데, 그때 갑자기 소나기가 내리더니 천둥 번개가 치며 벼락이 떨어져 두 농부와 네 마리의 소가 죽었던 것이다. 그런데도 부처님은 선정에 들었다가 잠시 산책하기 위해 정사 밖으로 나와 마을의 어떤 사람과 다음과 같은 대화를 나누었다.

"벗이여, 마을 사람들이 많이 모여 있는데, 도대체 무슨 일이 있었는가."

"지금 내리친 벼락에 농부 두 명과 소 네 마리가 죽었습니다. 그래서 마을 사람들이 모였는데 당신께서는 어디에 계셨던 것입니까."

"벗이여, 나는 줄곧 저 집 안에 있었다네."

"그렇다면 좀 전의 번개는 보았습니까."

"벗이여, 나는 보지 못했네."

"그럼, 천둥소리는 들었습니까."

"벗이여, 나는 천둥소리를 듣지 못했다네."

"그럼, 당신은 주무시고 계셨습니까."

"벗이여, 나는 자지 않았다네."

"그럼, 당신은 깨어 있었습니까."

"벗이여, 나는 분명 깨어 있었다네."

모여든 마을 사람들이 놀라워하며 부처님을 우러러보았다. 마을 사람들 모두가 부처님을 존경하는 마음으로 합장한 뒤 그 자리를 물러났다.

뿍꾸사는 망설이지 않고 부처님에게 귀의했다.

"세존이시여, 당신의 얘기를 듣고 보니 알라라깔라마에 대한 나의 존경심은 태풍 속의 먼지처럼 사라져 버렸고 급류 속의 나뭇잎처럼 사라져 버렸습니다. 세존이시여, 참으로 훌륭하십니다. 세존이시여, 부디 저를 재가신자로 허락해 주시옵소서."

부처님이 고개를 끄덕이며 허락하자, 뿍꾸사는 하인들에게 자신의 짐 속에서 황금색 옷을 한 벌 꺼내 오라고 지시했다. 그때 부처님은 뿍꾸사에게 아난다에게도 한 벌 더 공양하라고 말했다. 그러자 뿍꾸사는 두 벌의 황금색 옷을 가져와 부처님과 아난다에게 바쳤다.

뿍꾸사가 하인들을 데리고 떠나자, 아난다는 부처님에게 황금색 옷을 입혀 드렸다. 그러자 부처님의 얼굴은 더욱 그윽하고 거룩해졌다. 황금색 옷이 빛을 잃을 정도였다. 아난다는 부처님의 얼굴을 바라보며 말했다.

"세존이시여, 얼굴이 맑게 빛나고 있사옵니다. 세존께서 입으신 황금색 옷이 빛을 잃은 것 같사옵니다."

아난다의 말은 결코 과장이 아니었다. 부처님이 말했다.

"확실히 그럴 것이니라. 아난다여, 여래의 얼굴은 한 번 더 맑게 빛날 것이니라. 한 번은 여래가 위없는 바른 깨달음을 얻었을 때였고, 또 한 번은 번뇌가 남김없이 소멸하여 완전한 열반에 들 때가 될 것이니라."

아난다는 부처님의 얼굴에 어린 환한 빛과 부처님이 입고 있는 황금색 옷의 화려함에 넋을 잃어 그것이 부처님의 수의라는 사실을 미처 깨닫지 못했다.

부처님은 곧 침묵했다. 황금색 옷에 대해서는 더 이상 얘기하지 않았다. 시냇가에서 불어온 바람이 부처님이 쉬고 있는 나무 그늘을 지나치고 있었다. 바람은 부처님의 황금색 옷 속으로도 부드럽게 스며들었다.

쭌다를 위로하다

빠와 마을에 사는 요리사가 쭌다를 찾아와 다급하게 말했다.

"쭌다 주인님, 세존께서 심한 배탈이 나서 지금 누워 계신다고 합니다."

"세존께서는 어느 마을에 계시느냐."

"빠와 마을에 계십니다."

충직한 요리사가 전해 주는 말이어서 믿을 수밖에 없었다.

'그렇다면 우리 집에서 드신 버섯 요리를 드시고 탈이 난 것이 분명하구나.'

대장장이 아들 쭌다는 놀란 채 부처님이 머물고 있는 빠와 마을을 향해 뛰었다. 마침 마차를 모는 하인은 웨살리성 거리로 물건을 팔러 가고 없었다. 쭌다는 마음이 급해 마차가 돌아올 때까지 기다리지 못했다. 돌멩이가 튀어나온 울퉁불퉁한 길에서는 마차를 타는 것보다 걷고 뛰는 것이 더 빨랐다.

그러나 그때 부처님은 빠와 마을에 있지 않았다. 맑은 정신과 기력을 되찾은 뒤 비구들과 함께 이미 빠와 마을을 떠나 까꿋타강 옆에서 쉬고 있었다. 까꿋타강은 강물이 거울처럼 맑았고 강변에는 크고 작은 살라나무들이 듬성듬성 자라고 있었다. 부처님은 웨살리성에서부터 함께 따라온 비구들이 하나둘 먼 강변으로 흩어지자, 얕은 강가로 들어가 강물에 몸을 담갔다. 강물은 투명했다. 자라와 잉어, 붕어들이 부처님을 향해서 몰려왔다. 잠시 후에는 개구리들까지 부처님이 서 있는 곳으로 헤엄쳐 다가왔다. 작은 생명들이 노니는 강물은 기력이 떨어진 부처님의 몸에 활기를 불어넣어 주었다.

비구들은 부처님이 몸을 씻는 강 아래쪽에서 목욕을

●죄업을 씻기 위해 아침마다 강물에 몸을 씻는 힌두교도들

했다. 브라만이 의식을 치르듯 해를 향해 선 채 두 손으로 물을 훔쳐 끼얹곤 했다. 오래전부터 브라만들은 강물에 목욕을 하면 자신이 지은 죄가 깨끗이 씻긴다고 믿었던 것이다.

부처님은 문득 젊은 시절이 떠올랐다. 꼬살라국의 순따리까강 옆의 작은 숲 속에 머물 때였다. 어느 날 움막에 사는 한 늙은 브라만이 부처님을 찾아와 얘기를 나누고 간 적이 있었다. 그 무렵의 부처님은 깨달음을 얻은 지 오래되지 않았으므로 브라만들에게 잘 알려지지 않았다.

늙은 브라만은 젊은 부처님에게 다가와 자기와 함께 순따리까강에 들어가 목욕을 하자고 권유했다. 부처님은 그의 제의를 듣고 나서는 왜 강물에서 목욕을 해야 하는지, 강에서 목욕을 하면 무슨 좋은 일이 있는지를 물었다. 그러자 늙은 브라만이 말했다.

"사문이여, 순따리까강은 구원의 강이요, 깨끗한 강이며, 상서로운 강입니다. 만약 여기서 목욕을 하면 누구나 모든 죄업이 다 사라지게 될 것입니다."

그러나 부처님은 다음과 같이 설하여 늙은 브라만을

놀라게 했다.

"순따리까강이나 바후까강이나 강가강이나 사라사띠강이나 어떤 강의 강물도 사람의 죄업을 사라지게 할 수는 없습니다. 만약 강물에 목욕을 해서 죄업이 사라진다면 강물 속에 사는 물고기는 죄업이 하나도 없다고 해야 할 것입니다. 그러나 어찌 사람이 물고기보다 못하다고 할 수 있겠습니까.

죄업을 사라지게 하고 싶으면 오로지 청정한 범행梵行을 닦는 것이 옳습니다. 생명을 함부로 해치지 말 것이며, 남의 물건을 훔치지 말 것이며, 남의 아내를 탐하지 말 것이며, 남을 속이지 말아야 합니다. 이러한 사람은 우물물에 목욕을 해도 깨끗할 터이므로 굳이 순따리까강에 들어가 목욕할 이유가 없습니다. 그러나 범행을 닦지 않는 사람은 아무리 자주 순따리까강에 들어가서 목욕을 한다고 하더라도 죄업을 사라지게 할 수는 없습니다."

그래도 바라문들은 자신들의 오래된 의식을 쉽게 버리지 못했다. 부처님은 바라문 산가라와를 만나서도 핀잔을 준 일이 있었다. 산가라와가 매일 아침저녁으로 낮 동안 자신이 저지른 죄를 씻기 위해 강에서 목욕한다는 말을 듣고는 그를 보자마자 다음과 같이 설했던 것이다.

"산가라와여, 목욕을 해서 모든 죄를 씻을 수 있다면 개구리나 거북이나 악어들도 죄로부터 자유로워지리라! 진정한 강은 선禪의 강이니 자비는 목욕을 위한 강에 비유할 수 있으리. 선의 맑고 깨끗한 물은 물에 드는 모든 사람을 자비롭게 씻어 준다. 선의 물속에 뛰어들어 수영하는 법을 배우라."

부처님은 강물로 마른 입안을 적시기도 하고, 두 손으로 손나발을 만들어 강물을 마시기도 했다. 그러자 맑은 강물의 생기가 몸 안 구석구석 기분 좋게 퍼졌다.

그런데 그때 누군가가 목욕 중인 부처님에게 다가오고 있었다. 부처님은 그를 금세 알아보고는 강가로 걸어 나갔다. 쭌다는 부처님을 보더니 강가에서 숨을 몰아쉬며 도리질을 했다. 심한 배탈로 누워 있어야 할 부처님이 목욕을 하고 있었기 때문이다.

'세존께서는 소문과 달리 무사하지 않은가. 강물에 목욕을 하고 계시지 않은가.'

부처님은 쭌다가 왜 강가에 서 있는지 그의 마음을 이미 알고 있었다. 부처님은 쭌다를 안심시키려는 듯 천천히 살라나무 숲으로 데리고 갔다. 살라나무 숲에 다다라서야 부처님이 쭌다에게 말했다.

"자, 쭌다여! 가사를 네 겹으로 깔아 주지 않겠는가. 나는 피곤하여 잠시 누워서 쉬고 싶구나."

쭌다는 서둘러 가사를 네 겹으로 깔았다. 그러자 부처님은 가사 위에 오른쪽으로 몸을 틀고 아래로 발과 발을 겹쳐 모으고는 사자가 옆으로 눕듯 몸을 뉘였다. 그제야 쭌다는 아난다가 시봉하도록 그 자리에서 서너 걸음 물러섰다. 아난다는 부처님에게 달려드는 날벌레를 쫓으며 자리를 지켰다.

잠시 휴식을 취한 부처님이 무언가 걱정이 되는 듯 아난다에게 말했다.

"장차 저 대장장이 아들 쭌다에게 비난이 있을지도 모른다."

"세존이시여, 세존께 공양을 올린 쭌다가 왜 비난을 받는다는 말입니까."

●음식을 공양하면 큰 과보와 이익이 있다.

"비구들이 쭌다를 불러놓고 말할 것이다. '쭌다여! 여래께서는 그대가 올린 공양을 마지막으로 드시고 열반하셨다. 그러니 실수한 그대에게는 한 치의 공덕도 없을 것이다.'라고 비난할 것이다."

"비난을 듣는 쭌다는 슬퍼할지도 모르겠습니다."

"아난다여, 그런 비난을 받게 되는 대장장이 아들 쭌다는 여래에게 공양한 것을 후회할 것이다. 그러하지 않겠느냐."

"저라도 후회할 것 같습니다."

"너는 이렇게 말하여 대장장이 아들 쭌다를 위로하여라."

"세존이시여, 무슨 말로 위로하는 것이 좋겠습니까."

"잘 듣고 이와 같이 말해 주어라.

'그대 쭌다여! 조금도 후회할 것 없소. 세존께서 당신이 올린 마지막 공양을 드시고서 열반하셨다는 것은 당신에게는 참으로 좋은 일이고 공덕이 되는 일이오. 이렇게 말하는 것은, 그대 쭌다여! 세존께서는 생전에 나에게 다음과 같이 말씀하셨기 때문이오.'

음식을 공양하면 큰 과보와 이익이 있다. 음식 공양 가운데서도 뛰어난 과보와 이익이 따르는 두 가지가 있나니, 이들 두 가지 음식 공양은 모두 동등하여 서로 우열이 없다. 그 두 가지 음식 공양이란 무엇인가. 하나는 공양을 받고 난 뒤 여래가 위없이 바른 깨달음을 얻어 부처가 된 즉 바로 그때의 음식 공양이고, 또 하나는 공양을 받고 난 뒤 여래가 완전한 열반의 세계無餘涅槃에 들게 될 터인즉 바로 그때의 음식 공양이니라. 이러한 두 가지 음식 공양을 한 공덕은 모두 동등하여 서로 우열이 없는데, 다른 음식 공양과 비교한다면 훨씬 큰 과보와 이익이 따르니라.

'그러므로 쭌다여! 그대는 장차 장수長壽를 가져오는 업을 쌓았으며, 좋은 태어남을 얻는 업을 쌓았으며, 안락함을 얻는 업을 쌓았으며, 명성을 얻는 업을 쌓았으며, 혹은 천계天界로 태어나는 업을 쌓았고, 왕후로 나아가는 선업善業을 쌓았소. 이 얼마나 훌륭한 일이오.'

아난다여, 대장장이 아들 쭌다에 대한 비난을 이렇게 말하여 쭌다를 변호하고 위로하여라."

쭌다를 위로하기 위해 자상하게 말씀을 하신 뒤에도 부처님은 또다시 음식 공양에 대해서 다음과 같이 설하셨다.

> 베푸는 사람에게 복은 늘어가고
> 자재自在로운 사람은 원망이 없으며
> 선한 사람은 나쁜 과보를 받지 않고
> 탐진치貪瞋癡는 다하여 열반에 들리라.

전생의 고향

　　부처님은 아난다를 앞세우고 히란냐와띠강을 지나쳤다. 비구의 무리는 부처님의 뒤를 줄지어 따랐다. 멀리서 보면 마치 기러기 떼가 나는 것 같았다. 부처님이 가려고 하는 강 맞은편 언덕에는 살라나무 숲이 무성했다.

　그곳은 작고 외진 꾸시나라 마을 변두리였다. 꾸시나라 아낙네들은 부지런하기로 소문나 있었다. 아낙네들은 눈을 뜨고 있는 동안 잠시도 쉬지 않았다. 쇠똥을 줍거나 감자를 캐고 옥수수를 베거나 빨래를 했다. 산으로 올라가 땔나무를 하는 아낙네들도 있었다. 실제로 강둑 너머에는 땔나무 잔가지 묶음을 머리에 인 아낙네들이 마을을 향해 걸어오고 있었다.

살라나무도 꾸시나라 사람들이 좋아하는 땔감이었다. 망고나무 가지보다 단단하고 화력이 좋은 데다 한 번 불이 붙으면 쇠똥보다 오래 타고 숯을 남겼다. 살라나무 잔가지는 노숙하는 비구들도 땔감으로 즐겨 사용하곤 했다.

강 맞은편의 울창한 살라나무 숲은 부처님을 따라온 비구 일행이 모두 쉴 수 있을 만큼 넓었다. 부처님은 살라나무들이 숲을 이룬 초입에서 걸음을 멈추었다. 히란냐와띠강은 이제 보이지 않았다. 살라나무 숲 저편 지평선 위에 석양이 눈부실 뿐이었다. 석양은 살라나무 숲까지 따스한 햇살을 선사하고 있었다. 부처님이 자꾸 히란냐와띠강 쪽으로 시선을 돌리자 아난다가 물었다.

"세존이시여, 히란냐와띠강은 이제 보이지 않습니다. 그런데 왜 강 쪽을 여러 번이나 돌아보시는 것입니까."

"아난다여, 부지런히 걸어오는 이들이 있구나."

"말라족입니까."

"아난다여, 네 눈으로 보지 않고, 네 귀로 듣지 않고,

●꾸시나라 마을 살라나무 숲 저편으로 지는 석양

네 손으로 만지지 않고, 네 의식으로 느끼지 않는 것은 말하지 말라."

"세존이시여, 무엇을 보고 있사옵니까."

"한 무리의 비구와 비구니들이 지금 이곳을 향해서 오고 있구나."

부처님은 웨살리성에서부터 자신의 뒤를 따라왔던 비구와 비구니들을 천안天眼으로 보고 있었다. 아난다는 모둠발을 했지만 그 무리는 이미 강둑 너머로 사라지고 말았으므로 보일 리 없었다.

"세존이시여, 비구라 했사옵니까."

"라훌라 비구다."

"비구니도 오고 있사옵니까."

"그렇다. 야소다라 비구니가 오고 있구나."

"마하빠자빠띠 비구니께서도 오고 계십니까."

부처님은 잠시 눈을 감더니 말했다.

"여래를 만나러 왔지만 안타깝게도 웨살리성에서 입적하고 말았구나."

"세존이시여, 그뿐입니까."

"수부띠가 오고 있다. 여래에게 망고동산을 기증한 암바빨리도 비구니가 되어 오고 있다. 그들은 모두 큰 공덕을 지었으므로 이 살라나무 숲에서 여래의 열반을 보리라."

부처님은 더 이상 말하지 않고 침묵했다. 아난다는 마하깟사빠가 어디쯤 오고 있는지 알고 싶었지만 묻지 못했다. 언젠가 부처님이 마하깟사빠와 수부띠는 문병을 오기보다는 사문들을 가르치는 것이 더 좋겠다고 말한 바 있었던 것이다.

한참 만에 아난다는 화제를 바꾸어 물었다. 부처님이 왜 작고 외진 꾸시나라 마을의 변두리인 살라나무 숲 속에서 열반을 맞이하려고 하는지 궁금해 가슴이 답답했던 것이다. 도무지 이해할 수 없었으므로 조심스럽게 물었다.

"세존이시여, 왜 이렇게 작고 외진 마을의 변두리에서 열반에 드시려고 하는 것입니까. 부디 그만두시옵소서. 이런 작은 마을이 아니라도 짠빠나, 라자가하, 사왓티, 사께따, 꼬삼비, 와라나시 같은 큰 마을이나 도시가 있지 않사옵니까. 세존이시여, 도시나 큰 마을에서 열반에 드시는 것이 좋을 것 같습니다. 도시나 큰 마을에는 왕족의 큰 집회장과 브라만의 큰 집회장, 부자의 큰 집회장 등이 있으며, 세존께 존경하는 마음을 품고 있는 이도 많이 있으므로 세존께서 보여 주실 사리도 정성을 다해 수습하지 않겠습니까."

부처님은 아난다를 자애롭게 달랬다.

"아난다여, 그런 말을 하지 말라. 이 꾸시나라 마을을 '작고 외진 마을'이라고 말하지 말라. 지금의 이 꾸시나라 마을은 작고 외지지만 예전에는 그렇지 않았느니라.

아난다여, 옛날에 마하수닷사나大善見왕이 있었느니라. 그는 전륜성왕으로서 혈통이 바르고 법에 맞는 왕이었느니라. 또한 그는 사방의 나라를 평정하여 제 나라를 안정시켰으며 전륜성왕을 증명하는 온갖 칠보를 갖춘 왕이었느니라. 이 마하수닷사나왕의 나라 수도 꾸사와띠성은 동서 길이가 12요자, 남북 길이가 7요자나 되는 매우 큰 도시였느니라.

요자 요자나라고도 한다. 1요자나는 약 14km

지금의 이 꾸시나라 마을은 꾸사와띠성의 후신이니라. 아난다여, 꾸사와띠성은 매우 풍요로웠고 크게 번영을 누렸느니라. 꾸사와띠성에는 코끼리 소리, 말馬 소리, 수레 소리, 큰북 소리, 작은북 소리, 비나 소리, 노랫소리, 요鐃 소리, 징 소리, 마시고 먹는 사람들의 소리가 밤낮없이 가득 찼느니라.

전생에 여래는 이 꾸사와띠성에서 태어나 왕이 된 일도 있었느니라. 그러나 여래는 "부귀영화도 오래 지속할 수 없는 것이요, 몸도 무상한 것인바, 오직 법만이 진실할 뿐이다. 그러니 법을 받들어야 한다는 것을 알았네." 하고 왕위를 버린 채 오로지 수행만 하였느니라. 꾸사와띠는 이처럼 여래에게 숙연宿緣이 있는 곳이니라. 이곳에서 열반에 드는 것은 이 땅으로부터 받은 은혜를 조금이나마 갚고자 함이니라."

아난다는 아직도 부처님이 말한 꾸사와띠성이 꾸시나라 마을로 변한 무상을 절감하지는 못했다. 번성한 수도도 세월이 흐르면 작고 외진 마을로 변할 수 있다는 사실을 깨닫지 못했다.

"자, 아난다여, 이 두 그루의 살라나무 사이에 머리가 북쪽으로 되도록 자리를 준비하거라. 피곤하므로 누워서 쉬고 싶구나."

아난다는 곧 두 그루의 살라나무 사이에 부처님이 누울 수 있도록 자리를 마련했다. 그러자 부처님은 머리를 북쪽에 두고 얼굴은 서쪽으로, 오른쪽 옆구리를 자리에 붙이신 채 두 발을 포개어 옆으로 누웠다. 마치 사자가 누워 있는 모습이었다. 이때까지도 부처님의 의식은 맑고 바르게 깨어 있었다.

그런데 그때 두 그루의 살라나무가 갑자기 꽃을 피웠다. 꽃이 피는 철이 아닌데도 부풀어 오른 꽃망울을 터뜨렸다. 꽃은 석양빛이 스며들어 더욱 우아하고 눈부셨다. 꽃향기가 부처님의 몸을 감쌌다

석양이 기울자, 바람이 히란냐와띠강을 건너왔다. 꽃잎이 하늘하늘 흩날렸다. 살라나무가 부처님에게 꽃 공양을 올리는 순간이나 다름없었다. 잠시 후에는 허공에서 만다라와 꽃잎이 사뿐사뿐 내려오고 전단분향이 은은하게 퍼져 왔다. 아난다는 맡지 못했지만 부처님은 전단

●꾸시나라 마을의 짙은 안개와 야자나무 숲

분향을 느꼈다.

 이윽고 허공에서 천상의 악기 소리와 천인들의 노랫소리가 들려왔다. 아난다는 듣지 못했지만 부처님은 천상의 악기 소리와 노랫소리를 들었다. 아난다가 허공의 향기를 맡지 못하고, 천상의 소리를 듣지 못하는 것은 당연했다. 여래의 자리에 들어선 부처님만이 자재하게 맡을 수 있는 허공의 향기이고 천상의 악기 소리와 노랫소리였다.

"아난다여, 지금 이렇게 두 그루의 살라나무는 제 철도 아닌데 꽃을 피워 여래에게 공양하고 있구나. 허공에서는 만다라와 꽃이 내려오고 전단분향이 퍼져 오는구나. 또한 천상의 악기 소리와 노랫소리가 들리는구나.

그러나 아난다여, 이러한 일만이 여래를 존경하며 공양하는 것은 아니니라. 비구와 비구니, 남성과 여성의 재가신자들이 진리로 인하여 올바르게 행동하며, 진리를 믿고 행동하는 것이야말로 보다 깊이 여래를 존경하고 공양하는 것이 되느니라. 그러므로 아난다여, '우리들은 진리로 인하여 올바르게 행동하며, 진리를 믿고 행동하는 것이야말로 보다 깊이 여래를 존경하고 공양하는 것이 된다'라고 말해야 하느니라."

부처님은 무엇이 참공양인지를 아난다에게 말하고 있었다. 꽃 공양과 소리 공양보다도 진리로 인하여 올바르게 행동하고, 진리를 믿고 행동하는 것이야말로 진정한 공양이라고 아난다에게 설했다.

4대 성지를 설하다

　　　　석양이 지평선을 붉게 물들였다. 부처님이 누운 자리의 살라나무 나뭇잎들도 붉게 변했다. 부처님은 얼굴에 떨어지는 석양의 햇살에 미간을 찡그렸다가 눈을 감았다. 그러나 잠시 후 눈을 다시 떴다. 잘 익은 망고처럼 붉은 빛깔에서 노란빛을 띠어 가는 석양이 더없이 아름다웠다. 부처님은 세상을 붉게 물들이고 있는 석양이 지금 자신의 눈앞에도 떠 있다는 사실에 잠시 미소를 지었다. 저 석양은 이미 보았던 관념이 아니었다. 내일 저 자리에 떠 있을 상상 속의 석양도 아니었다. 관념이나 상상 속의 석양은 실재가 아닌 그림자에 불과했다. 지금의 순간에 보는 석양만이 진실이었다. 삶도 마찬가지였다. 해와 달, 별을 본다는 것은 우주 공간의 진실을 만나는 것이었다.

이윽고 부처님을 향해서 허공의 신들이 가득히 몰려오고 있었다. 많은 신들은 이미 부처님이 열반에 들 것을 알고 있었다. 허공을 가득 메운 탓에 살라나무 숲으로 날아드는 할미새들이 날지 못할 정도였다. 다만 요령이 많은 커다란 까마귀들은 신들과 부딪치지 않기 위해 낮게 날았다. 부처님은 신들이 서로 주고받는 소리를 들었다.

살라나무 꽃들이 더 팔랑거리는 까닭은 신들이 허공을 날면서 바람을 일으키고 있었기 때문이다. 강바람은 이미 멎은 상태였으므로 살라나무 꽃들이 더 이상 낙화할 이유가 없었다. 살라나무 꽃들이 부처님의 얼굴을 향해 낙화를 멈추지 않자, 우빠와나 비구가 큰 부채를 들고 부채질을 했다. 그러자 부처님의 얼굴에 내려앉은 꽃들이 사방으로 날아갔다.

그러나 부처님이 부채질을 멈추게 했다.

"우빠와나여, 비켜라. 여래 앞에 서 있지 말라."

우빠와나는 사왓티성 출신으로 기원정사에서 부처님을 시봉한 경험이 있으며 우안거 동안 아난다를 보조해서 부처님을 시봉했던 비구였다. 우빠와나는 부처님이 부채질을 멈추게 하자 자리를 떴다.

아난다는 잠시 생각에 잠겼다.

'우빠와나 비구도 오랫동안 세존 가까이서 시봉한 수행자인데 왜 비키라고 했을까. 어찌해서 바로 앞에 서 있지 말라고 주의를 주셨을까.'

아난다는 조심스럽게 물었다.

"세존이시여, 우빠와나 비구에게 왜 앞에 서 있지 말라고 주의를 주신 것이옵니까."

"아난다여, 그 이유는 이러하느니라. 너에게는 보이지 않겠지만 지금 이곳에는 온 누리의 신들이 여래의 열반을 보고자 모여들고 있구나. 이 꾸시나라 마을의 살라나무 숲 주위는 위신력이 큰 신들로 입추의 여지가 없을 정도이니라. 아난다여, 신들이 저마다 말을 하고 있구나.

'우리들은 세존을 뵙고자 멀리서 왔다. 깨달음을 얻은 분이 이 세상에 출현하는 것은 드문 일이다. 오늘 밤중에 세존은 완전한 열반에 드시려 하신다. 그런데 우빠와나 비구가 세존 앞에 있으니 열반에 드시는 마지막 순간에 세존을 뵐 수 없지 않은가.'

그래서 여래는 우빠와나를 비키도록 했느니라."

"세존이시여, 미숙한 저의 눈으로는 신들이 보이지 않는데, 세존께서는 어떤 모습으로 보이시옵니까."

아난다는 눈을 뜨고 있어도 신들을 보지 못하는 자신을 자책했다.

"아난다여, 허공을 날아다니던 어떤 신들은 머리를 산발하고 통곡하고 있구나. 팔을 뻗고 울고 있구나. 땅에 드러누워 뒹굴면서 '아! 세존께서는 어이하여 이리도 빨리 열반에 드시려 하나이까. 원만하신 분께서는 무슨 까닭에 이리도 빨리 열반에 드시려 하나이까. 눈을 뜬 분께서는 무슨 까닭에 이리도 빨리 모습을 감추시려 하나이까'라고 하며 슬퍼하고 있느니라."

땅 위에 사는 신들도 마찬가지였다. 그러나 아난다의 눈에는 땅 위에 사는 신들도 보이지 않았다. 그 신들 중에는 탐욕을 여읜 신들도 있었다.

"아난다여, 탐욕을 여읜 신들은 '세상의 모든 것이 무상하다. 그러니 변해 가는 것을 어찌 막겠는가' 하고 바르게 인식하고 깨어 있어 슬픔을 지그시 참고 있느니라."

아난다는 부처님이 없는 세상을 생각하기조차 두려웠다. 부처님이 정사를 비웠을 때는 부처님을 뵈러 온 훌륭한 비구들이 있어 그들을 존경하며 수행할 수 있었지만, 부처님 열반 뒤에는 그럴 수도 없을 것이기 때문이었다.

"세존이시여, 지금까지는 뛰어난 비구들이 사방에서 세존을 뵙고자 왔고, 우리는 그와 같이 뛰어난 비구들을 존경하면서 받들 수 있었사옵니다. 그러나 세존이시여, 세존께서 열반에 드신 뒤에는 우리는 뛰어난 비구들을 존경하면서 받들 수 없을 것이옵니다. 세존이시여, 그것이 저를 슬프게 하옵니다."

부처님은 아난다의 걱정을 듣더니 미소를 지었다. 부처님은 아난다의 걱정을 씻어 주었다.

"아난다여, 그다지 슬퍼할 것은 없느니라. 내가 열반한 뒤에도 믿음이 두터운 사람들은 다음과 같이 여래를 기릴 만한 네 곳의 땅을 참배하면서 여래를 그리워하고 세상을 무상하게 여기면서 발심을 크게 할 것이니라. 그 장소는 다음과 같은 곳일 것이니라.

첫째 장소는 여래가 탄생한 땅이 될 것이니라. 믿음이 두터운 사람들은 '이곳에서 여래께서 태어나셨다' 하고 탄생한 땅을 참배하면서 여래를 그리워하고 세상을 무상하게 여기면서 발심을 크게 할 것이니라.

두 번째 장소는 여래가 정각을 이룬 땅이 될 것이니라. 믿음이 두터운 사람들은 '이곳에서 여래께서 깨달았다' 하며 정각을 이룬 땅을 참배하면서 여래를 그리워하고 세상을 무상하게 여기면서 발심을 크게 할 것이니라.

세 번째 장소는 여래가 처음으로 법륜을 굴린 땅이 될 것이니라. 믿음이 두터운 사람들은 '이곳에서 여래께서 처음으로 법륜을 굴리셨다' 하고 처음으로 법륜을 굴린 땅을 참배하면서 여래를 그리워하고 세상을 무상하게 여기면서 발심을 크게 할 것이니라.

네 번째 장소는 여래가 열반한 땅이 될 것이니라. 믿음이 두터운 사람들은 '이곳에서 여래께서 열반에 드셨다' 하며 열반한 땅을 참배하면서 여래를 그리워하고 세상을

*부처님이 태어난 룸비니 동산의 아소까대왕 석주

무상하게 여기면서 발심을 크게 할 것이니라.

아난다여, 이미 불제자가 된 비구와 비구니, 남자 신도와 여자 신도도 마찬가지일 것이니라.

아난다여, 마음이 청정하고 믿음이 돈독하여 네 곳의 영지를 순례하며 걷는 이는 죽어서 육신이 멸한 뒤 좋은 곳 천상에 태어날 것이니라.

훗날 전륜성왕이 나타나 4대 성지를 더하여 8대 성지를 만들 것이고, 8만 4천 군데의 승원과 탑을 지어 여래의 사리를 나누어 봉안하고 세계 각국으로 외교사절 편에 여래의 사리를 보내 여래의 가르침이 온 세상에 퍼질 것이니라."

부처님이 얘기하는 전륜성왕이란 인도를 통일한 아소까대왕을 말했다. 실제로 아소까대왕은 부처님이 열반한 이후 2백여 년 만에 출현하여 8대 성지를 순례하며 기념 석주를 세웠고, 수많은 승원과 탑을 세우고 외국에 부처님의 가르침을 전파하였던 것이다.

아난다는 지극히 사사로운 질문도 했다. 여인에 대한 자신의 생각이 아직도 모호했던 것이다. 아난다의 무던한 성격과 잘생긴 외모를 흠모하는 여인이 많기 때문에 늘 문제가 되었다. 열반이 가까워지고 있는 부처님에게 묻기가 부끄러웠지만 때를 놓치면 몹시 후회가 될 것 같았기에 아난다는 용기를 냈다.

"세존이시여, 출가한 비구들이 여인을 대했을 때 어떠한 태도를 취하는 것이 좋겠사옵니까."

● 부처님이 처음으로 법을 설한 장소를 기념하기 위하여 아소까대왕이 세운 다메끄 탑

"아난다여, 보지 않는 것이 좋겠구나."

"세존이시여, 만약에 보았을 때는 어떻게 하는 것이 좋겠사옵니까."

"아난다여, 말을 하지 않는 것이 좋겠구나."

"세존이시여, 만약 말을 걸었을 때는 어떻게 하는 것이 좋겠사옵니까."

"아난다여, 그때는 바르고 맑은 생각을 유지하는 것이 좋겠구나."

아난다는 순간 여인에 대한 생각을 정리했다. 여인을 보지 않고 말하지 않는 것보다 바르고 맑은 생각을 유지하는 것이 더 높은 경지라는 깨달음을 얻었다.

석양이 하늘에 노을을 남긴 채 사라졌다. 그러나 석양빛은 쉽게 물러서지 않았다. 동틀 무렵의 여명처럼 살라나무 숲을 푸르스름하게 밝히고 있었다. 부처님의 얼굴에도 푸른 그림자가 어렸다. 낮과 어둠이 교차하는 그런 빛깔이었다. 삶과 죽음이 엇갈리는 빛깔이었다. 아난다는 한동안 그 황홀한 빛깔을 물끄러미 바라보며 침묵에 잠겼다.

말라족 사람들과의 작별

석양이 지고 난 뒤에도 부처님의 주위는 한동안 날빛이 사라지지 않았다. 부처님을 향해 비추는 마지막 날빛이었다. 부처님은 날빛에 휩싸여 방광放光하는 것처럼 빛을 발했다. 합장한 비구들이 그러한 부처님의 모습을 말없이 바라보고 있었다. 이 세상에서 가장 평온한 얼굴이었다. 미소를 머금은 부처님의 얼굴은 그지없이 평화로웠다. 열반을 앞둔 분이라고는 도무지 믿어지지 않았다. 부처님의 얼굴을 보고 있는 비구들은 환희심이 일었다. 얼굴을 보는 것만으로도 행복했다. 스승의 죽음을 안타깝게 보고 있는 것이 아니라 마침내 스승의 삶이 완성된 실상을 바라보고 있는 것 같은 느낌이었다. 비구들은 황홀했다.

'아, 스승께서는 열반에 드시는 마지막 순간까지도 자비를 베푸시는구나. 우리가 이토록 황홀하고 마음이 충만한 것은 바로 이분과의 좋은 인연善緣으로부터 연유한 것이 아니겠는가.'

그러나 부처님의 머리맡에서 시봉하고 있는 아난다는 달랐다. 마음이 걷잡을 수 없이 심란했다. 자신도 믿기지 않을 정도로 온갖 감정이 오락가락했다. 부처님의 한마디에 평온한 마음을 유지하다가도 문득문득 슬픔의 나락으로 빠졌다. 부처님을 뵐 시간이 얼마 남지 않았다고 생각하면 갑자기 슬픔이 목까지 차올랐다. 항아리의 물이 넘치는 것처럼 가슴의 슬픔이 목을 타고 넘어와 견딜 수 없었다.

이윽고 아난다는 살라나무 숲 저편에 있는 작은 정사로 가 몸을 숨겼다. 자신의 얼굴에 흐르는 눈물을 다른 비구들에게 보이고 싶지 않았다. 부처님의 여러 제자들에게 자신의 우는 모습을 보인다는 것은 부끄러운 일이었다. 특히 자신보다 어린 비구들에게 자신의 나약한 모습을 보이고 싶지 않았다. 아난다는 홀로 비탄에 빠진 채 중얼거렸다.

'아! 나는 아직도 배워야 할 것이 많고, 성취해야 할 것이 많은데 자애로운 부처님께서 지금 가시려 하다니!'

아난다는 아무도 정사 안으로 들어오지 못하도록 문고리를 잡고 흐느끼다가 잠시 후에는 소리 내어 울었다. 울음소리가 안으로 삼켜지지 않았다.

그때 부처님은 머리맡에 아난다가 없자 허전해했다. 자신의 그림자가 갑자기 사라진 것 같은 느낌을 받았다. 부처님은 감았던 눈을 뜨고 나서 합장한 채 무릎을 꿇고 있는 여러 비구들을 향해 물었다.

"비구들이여, 아난다가 보이지 않는구나."

그제야 한 비구가 아난다를 찾아 두리번거렸다. 부처님 앞에는 마하깟사빠만 보이지 않을 뿐, 부처님에게 아라한과를 얻은 제자들과 한 무리의 비구들이 모두 와 있었다. 그들 중에는 슬픈 얼굴로 부처님의 열반을 기다리고 있는 비구와 비구니도 있었지만 대부분은 선정에 들어 슬픔을 이겨내고 있었다. 잠시 후 한 비구가 말했다.

"세존이시여, 아난다 비구는 세존께서 열반에 드시려 하는 것에 슬픔을 참지 못하고 잠시 자리를 피해 울고 있습니다."

"어디 있느냐."

"정사로 가 문고리를 부여잡고 울고 있사옵니다."

"비구여, 지금 아난다가 울고 있는 정사로 가서 여래가 아난다를 부른다고 전하여라."

한 비구가 즉시 아난다가 있는 정사로 갔다. 비구가 정사의 문을 열려고 했지만 문은 꿈쩍도 안 했다. 할 수 없이 비구는 문밖에서 큰소리로 말했다.

"아난다 비구여, 세존께서 부르시옵니다. 어서 나와 세존께 가 보시오."

문을 열고 나오는 아난다의 뺨은 눈물로 젖어 있었다. 막 떠오른 보름달빛에 뺨이 번들거렸다. 살나나무 숲 위로 뜬 보름달이 침통한 표정으로 아난다를 내려다보았다. 공기는 벌써 밤안개에 젖어 촉촉했다. 아난다는 침통한 보름달을 보면서 부처님이 누워 있는 살라나무 숲으

●아난다여, 사람은 어느 누구라도 생로병사를 영원히 피할 수는 없느니라.(강가강 화장터)

로 돌아왔다. 아난다가 부처님의 머리맡에 소리 없이 앉자 부처님이 말했다.

"아난다여, 너는 여래의 열반을 한탄하거나 슬퍼해서는 안 되느니라. 아난다여, 여래가 너에게 항상 말하지 않았더냐. 아무리 사랑하고 서로 마음이 맞는 사람이라 하더라도 마침내는 헤어져야 할 때가 찾아오는 것이라고. 그것을 어찌 피할 수 있겠느냐. 아난다여, 사람은 어느 누구라도 생로병사를 영원히 피할 수는 없느니라. 헤어지는 것이 슬프고 안타까워 '헤어지지 말자'고 만류하는 것은 순리에 맞지 않는 일이니라.

아난다여, 너는 참으로 오랫동안 사려 깊은 행동으로 여래를 옆에서 도왔고 무슨 일이든 게으름을 피우지 않고 나를 시봉하였느니라. 아난다여, 너는 참으로 많은 복덕을 지었느니라. 앞으로 여래가 없더라도 방일하지 말고 부지런히 힘써 정진하여 번뇌 없는 경지에 빨리 도달함이 좋으리라."

아난다는 입술을 깨물었다. 부처님이 55세가 되었을 때에 만나 25년 동안 시봉하였지만 아직도 자신은 아라한과를 얻지 못하고 '번뇌 없는 경지'에 오르지 못했던 것이다. 부처님의 법문을 누구보다 많이 들었다고 자만하여 방일에 빠져 힘써 정진하지 않은 탓이었다. 부처님은 아난다로부터 그러한 면을 보았기 때문에 '방일하지 말 것'과 '정진할 것'을 당부했다. 아난다는 슬픈 감정과 자책의 감정이 뒤엉켜 두 손으로 얼굴을 감쌌다.

잠시 후 부처님이 아난다에게 또 말했다. 부처님은 시시각각 자신의 열반이 다가오고 있는데도 아난다를 불러 가르침을 설했다. 아난다에게 말할 때도 '너는 여래가 이렇게 말했다고 알려라'라는 식으로 여래의 말과 아난다의 말을 명확하게 구분하여 전했다. 깨달은 여래와 깨닫지 못한 아난다의 말이 섞이어 가르침이 잘못 전달될 수도 있기 때문이었다.

"아난다여, 너는 이제부터 꾸시나라 마을로 가 말라족 사람들에게 이렇게 알려라. '바셋타여! 오늘 밤이 깊어졌을 때 세존께서는 이 마을의 외곽 살라나무 숲에서 열반에 드신다네. 그러니 바셋타여! 세존은 실로 우리 마을에서 열반에 드시는데, 우리 모두가 세존의 열반을 보지 못하였다고 후회하는 일이 없도록 지금 모두가 모여서 세존을 친견하러 가자'라고."

부처님은 그동안 자신을 믿고 의지하였던 말라족 사람들이 마지막 고별인사를 할 수 있도록 배려했다. 말라족 사람들 중에서도 특히 바셋타 일가가 자신을 한 번이라도 더 친견하고 싶어 한다는 사실을 알고 있기 때문이었다. 아난다는 부처님의 마음을 알기에 서둘러 말라족이 모여 살고 있는 꾸시나라 마을로 갔다.

●열반하신 부처님을 다비한 꾸시나라 마을의 말라족 후예들

때마침 꾸시나라 마을에는 바셋타 일가가 마을의 일로 집회장에 모두 모여 있었다. 보름달이 떠올라 집회장은 등불을 켜지 않았는데도 환했다. 꾸시나라 마을에 사는 말라족들은 보름달이 뜨는 날 밤이 되면 마을 집회장에 모여 마을의 일을 토론하고 처리하는 풍습이 있었다.

집회장 한가운데에서는 모닥불이 탁탁 소리를 내며 타올랐다. 엷은 밤안개에 가린 보름달은 다른 날과 달리 우울하게 보였지만 모닥불만은 열정적으로 이글거리며 타올랐다. 사람들은 브라만 촌장에게 박수를 치고 난 뒤 모두가 그를 주시하고 있었다.

그때까지만 해도 바셋타 일가는 부처님이 열반에 들려 한다는 사실을 아무도 모르고 있었다. 마을의 촌장이 사람들에 둘러싸여 무슨 말을 막 시작하려고 했다.

아난다가 집회장에 도착하자 사람들이 길을 터 주었다. 한 사람이 촌장이 선 자리로 아난다를 안내했다. 사람들은 아난다가 발우를 들고 있으므로 탁발하러 온 줄 알았다. 그러나 아난다의 입을 통해서 놀라운 소식이 전해졌다.

"바셋타여, 오늘 밤이 깊어졌을 때 세존께서 열반에 드신다네. 그러니 바셋타여, 세존은 실로 우리 마을에서 열반에 드시는데, 우리 모두가 세존의 열반을 보지 못하였다고 후회하는 일이 없도록 지금 모두 세존을 친견하도록 합시다."

아난다에게서 부처님의 열반 소식을 전해들은 마을 사람들은 깜짝 놀랐다. 믿어지지 않는 듯 어리둥절해했다. 마을 사람들은 너도 나도 하나같이 큰 슬픔에 빠졌다. 그런데 말라족에게는 말라족만의 슬픔을 표현하는 방식이 따로 있었다. 머리를 풀어헤치고 팔을 뻗은 채 드러누워 뒹구는 것이 말라족만의 방식이었다. 그렇게 마구 뒹굴며 슬퍼해야만 예의를 갖춘 사람이라고 불렸다.

"아! 세존께서는 무슨 까닭으로 이리 급히 열반에 드시려 합니까."

바셋타 일가는 아난다를 따라 살라나무 숲으로 달려갔다. 어른이고 아이고 구별이 없었다. 남자고 여자고 구별이 없었다. 브라만이고 천민이고 구별이 없었다. 모두가 한 무리가 되어 아난다를 뒤따라갔다.

아난다는 그들이 너무 슬픈 나머지 한 사람씩 부처님 앞으로 나아가 오랫동안 고별인사를 하다 보면 날이 샐 것이라고 생각했다. 아난다는 그들 모두가 한꺼번에 부처님 발밑에서 고별인사를 드리도록 하였다. 그들이 엎드려 인사를 하는 동안 아난다가 부처님에게 말했다.

"세존이시여, 말라족 사람들이 세존의 발밑에 머리를 대고 인사를 드리옵니다."

바셋타 일가가 고개를 숙이고 있는 동안 아난다는 부처님 앞에서 한 사람씩 이름을 부르며 소개해 주었다. 그들은 모두 머리를 풀어헤치고 있었고, 땅바닥에서 뒹굴며 울었던 탓에 옷은 흙 범벅이 되어 있었다.

마지막 제자 수밧다

아난다가 말라족 사람들에게 부처님의 열반이 가까워졌다는 소식을 알렸을 때 떠돌이 수행자遍歷行者 수밧다도 전해 들었다. 마침 수밧다는 여러 마을을 전전하다가 꾸시나라 마을에 와 머물고 있었던 것이다. 수밧다는 자신의 오래된 의문을 해결하려고 지혜로운 사문을 찾아서 평생 동안 돌아다니다 늙어 버린 떠돌이 수행자였다.

수밧다는 말라족 사람들로부터 부처님이 열반하려 한다는 소식을 전해 듣고 놀라지 않을 수 없었다. 존경받을 만한 사문들을 만나 왔던 수밧다는 마지막으로 부처님을

●안개가 자욱하게 낀 열반당으로 가는 꾸시나라 수행자

찾아가 자신의 오래된 의문을 해결하려고 했기 때문이었다. 수밧다는 브라만 지도자도 만나 봤고, 이른바 육사외도라고 부르는 뿌라나까사빠, 마깔리고살라, 산자야벨라지뿟따, 아지따께사깜와린, 빠꾸다까짜야나, 니간따나따뿟따 등 여섯 명의 종교지도자를 만나 보았지만 모두가 비슷비슷한 사상을 가지고 있을 뿐 마음이 흔쾌하지 않았던 것이다.

보름달이 떠올라 살라나무 숲으로 가는 길은 어둡지 않았다. 나뭇가지들은 잿빛으로 변해 웅크리고 있었다. 이제는 살라나무들조차 슬프게 빛나는 밤이었다. 수밧다는 밤안개처럼 슬픔에 젖은 살라나무 숲으로 걸어갔다. 달은 밤안개에 가리어 흐릿했다. 밤안개는 꾸시나라 마을 저편으로 흐르는 강에서 피어올라 살라나무 숲 쪽으로 스멀스멀 몰려오고 있었다. 안개는 밤을 수색하는 왕의 군사처럼 은밀하게 움직였다. 마치 회청색의 강물이 살라나무들 사이로 흐르는 듯했다.

수밧다가 부처님이 누운 살라나무 숲에 도착했을 때는 이미 바셋타 일가가 모두 부처님께 작별인사를 마치고 물러나 있었다. 아난다는 달빛에 드러난 부처님의 얼굴이 갑자기 편안해진 것을 보고는 불안해했다. 밤하늘에 별이 떨어질 때 그 별이 순간적으로 더 밝은 빛을 낸다는 것을 알고 있었기 때문이다.

늙은 수밧다가 비구들의 무리를 헤치고 아난다에게 다가와 말했다.

"아난다여, 나는 스승이라고 할 만한 떠돌이 사문들이 깨달음을 얻은 사문 고따마야말로 존경받을 만한 인물이라고 들은 적이 있소. 바로 그분께서 오늘밤에 열반에 드실 거라는 소식을 듣고 이렇게 찾아왔소. 그분을 뵙고 싶소."

아난다는 일단 수밧다의 요청을 물리쳤다.

"수밧다여, 그럴 수 없소. 세존께서는 지금 몹시 지쳐 있소. 방금 바셋타 일가의 작별인사를 받고 잠시 쉬고 있소. 부디 세존이 쉴 수 있도록 도와주시오."

그러나 수밧다는 물러서지 않았다. 수염과 입술을 떨며 완고하게 말했다.

"아난다여, 내 나이 이미 120살이오. 오래된 의문을 해결하지 못했소. 그 의문을 해결하지 못하고 생을 마친다고 생각하니 나의 삶이 후회스럽소. 그러니 그분을 만나게 해 주시오."

"수밧다여, 제발 지쳐 있는 세존을 번거롭게 하지 마시오."

그러자 수밧다는 아난다에게 애원하듯 말했다.

"아난다여, 내 스스로 해결할 수 없는 문제라서 그러오. 그대의 스승 사문 고따마라면 내 의문을 해결해 줄 거라고 믿소. 진리를 설명해 줄 것이라고 믿소. 그러니 그대의 스승을 만나게 해 주시오."

아난다는 평소 그답지 않게 목소리를 높여 수밧다의 청을 거절했다. 처음에는 수밧다의 연로한 나이를 고려하여 점잖게 거절하였으나 수밧다의 집요한 요청에 자신도 모르게 큰소리를 냈던 것이다. 그 바람에 부처님이 아난다의 목소리를 듣고 아난다를 곁으로 불러 말했다.

"그만두어라, 아난다여. 수밧다의 청을 거절하지 말라. 수밧다를 가까이 오게 하라. 수밧다가 여래에게 묻고자 하는 것은 깨달음을 얻으려고 하는 것이지 나를 번거롭게 하고자 하는 것이 아니니라."

부처님의 자애로운 허락을 받고 나서야 아난다는 살라 나무 숲 저쪽으로 물러나 있는 수밧다를 불러 말했다.

"수밧다여, 세존께서 허락했으니 이쪽으로 오시오."

수밧다는 비구들이 길을 터 주자 가사를 깔고 누운 부처님 곁으로 조심스럽게 다가가 절을 했다. 그리고는 합장한 채 한쪽에 앉았다. 그가 비통하게 말하는 동안 그의 흰 수염이 미세하게 날리면서 달빛에 빛났다. 나이가 들어서인지 그의 목소리는 빠진 치아 사이로 샜지만 부처님을 만나고 싶어 하는 마음만은 간절하게 전해졌다.

"고따마시여, 세상에는 교단의 교조로서 매우 존경을 받고 있거나, 혹은 교단의 스승으로서 고명한 사람들이 있사옵니다. 예를 들자면 육사외도의 지도자들입니다. 이들은 모두 깨달았다고 합니다. 그런데 고따마께서 보시기에 깨닫지 못한 사람이 있는 것은 아닌지요. 누가 깨달았고, 누가 깨닫지 못했는지 궁금합니다."

부처님이 수밧다의 흐린 눈을 측은하게 쳐다보더니 말했다.

"수밧다여, 그만두어라. 모두가 깨달았다거나, 혹은 아무도 깨닫지 못했다거나, 아니면 누구는 깨닫고 누구는 깨닫지 못했다고 말하지 말라. 수밧다여, 그와 같은 것을 알아서 지금 그대의 삶에 무슨 이익이 있겠느냐. 그런 문제보다 훨씬 중요한 것이 있느니라. 지금부터 그대에게 설하고자 하니 잘 듣고 마음에 새기도록 하라."

부처님의 목소리는 나뭇잎을 적시는 가는 빗방울 소리처럼 아주 작았으나 수밧다는 폭포 소리처럼 크게 들었다. 수밧다는 자신도 모르게 이마를 땅에 대고 엎드렸다. 오체투지의 자세로 부처님의 설법에 귀를 기울였다.

"수밧다여, 누군가가 법과 율을 설하는데 팔정도가 없다면 그런 가르침으로는 사문의 여러 경지에 오를 수 없느니라. 반대로 누군가가 법과 율을 설하는데 팔정도가 있다면 사문의 여러 경지에 오를 수 있느니라. 수밧다여, 내가 설한 법과 율에는 팔정도가 있느니라. 그러므로 수밧다여, 내가 설한 법과 율에 따라 수행하면 팔정도를 얻을 수 있을 것이고, 사문의 여러 경지에 오를 수 있느니라. 수밧다여, 내용이 없는 공허한 논의 따위는 사문에게 무용한 것이니라. 그러므로 수밧다여, 비구다운 비구는 팔정도를 익히고 실천해야 하며 그러다 보면 공허하지 않은 진실한 세계가 나타나고 그들 또한 세상에서 존경 받을 만한 사문이 될 수 있느니라."

부처님은 수밧다를 위해 게송을 읊조렸다.

나 스물아홉의 왕성한 젊음에
집을 나와 출가하니, 수밧다여!
이유는 오직 선善을 구하기 위해서.

출가 성취하니 그날로부터
세월은 빨리 지나가네, 수밧다여!
오십여 년의 세월이.

찾아서 걸어가는 진리의 세계
그것이야말로 진실한 출가의 길
이것을 떠나서는 사문이 아니리.

수밧다는 감격하여 눈물을 흘렸다. 그의 눈은 눈물에

젖어 마치 새로 태어난 아기 눈처럼 반짝였다.

"세존이시여, 참으로 훌륭하시옵니다. 세존이시여, 참으로 훌륭하시옵니다. 지금 저의 눈에서는 비늘이 떨어지고 있는 것 같습니다. 세존께서는 넘어진 이를 붙잡아 일으키고, 눈곱 낀 사람에게 눈곱을 떼어 주고, 길을 잃고 헤매는 사람에게 길을 찾아 주고, 어둠 속에 있는 사람에게 등불을 밝혀 '눈 있는 자만 보라'고 말씀하시듯 어리석은 저에게 팔정도를 설하시어 진리의 문을 열어 주셨습니다. 세존이시여, 저는 지금부터 세존께 귀의하겠습니다. 또한 세존의 가르침과 승단에 귀의하겠습니다. 세존이시여, 부디 출가를 허락해 주시고 구족계를 주시옵소서."

부처님은 그의 출가를 받아 주었다. 다만, 다른 교단에서 개종한 모든 제자들에게 그랬듯 조건을 하나 달았다.

"수밧다여, 이전에 다른 교단에 의지했던 이가 나의 법과 율에 출가하여 구족계를 받고자 할 때는 조건이 하나 있느니라."

"세존이시여, 무엇이옵니까."

"네 달 동안 비구들의 관찰을 받으면서 지내야 하느니라. 네 달 동안 수행을 지켜본 비구들이 출가를 인정하고 구족계를 주어 비구가 되게 하고 있느니라. 수행자가 될 수 있는 자격을 시험하는 기간이니라."

"그러한 일이라면 세존이시여, 저는 네 달이 아니라 4년 동안이라도 비구들의 관찰을 받으면서 지내겠습니다. 세존이시여, 4년이 지나면 어느 비구가 수고롭더라도 저를 출가시켜 주고 구족계를 주어 비구가 될 수 있도록 세존께서 당부해 주시기를 바라옵니다."

부처님은 아난다에게 명했다.

"아난다여, 지금까지 내가 말한 것처럼 시기가 되면 수밧다를 출가시켜 구족계를 주고 비구가 되게 하여라."

"세존이시여, 잘 알았사옵니다."

과연 수밧다는 네 달 뒤에 아난다에게 출가를 허락받고 비구가 되었다. 구족계를 받은 수밧다는 꾸시나라 마을을 떠나지 않고 부처님의 팔정도에 입각하여 늙은 나이임에도 불구하고 몸을 돌보지 않고 수행했다. 더 이상 스승을 찾아다니는 떠돌이 생활을 하지 않았다. 수밧다

● 웨살리성의 아소까대왕 석주 위에 앉은 사자는 부처님이 열반한 꾸시나라를 향하고 있다.

를 보고 감동한 말라족 청년들이 집을 나와 그에게 출가했다. 마침내 그는 제자들에게 선언했다.

"나의 청정한 행은 완성되었다. 나는 팔정도에 의지하여 해야 할 바를 모두 끝냈다. 나는 이제 다시 윤회하는 삶으로 돌아가지 않을 것이다."

수밧다 역시 부처님의 다른 제자들처럼 팔정도에 의지하여 깨달음을 이루고 윤회의 사슬을 끊었던 것이다.

열반에 드시다

　　부처님은 마지막 제자가 된 수밧다에게 설법한 뒤 잠시 침묵했다. 보름달빛이 밤안개를 타고 부처님과 비구들 사이로 고요하게 흘렀다. 부처님은 목이 타고 입술이 바짝 말라 더 이상 말하기가 힘들었다. 아난다가 물수건을 가져와 조심스럽게 부처님의 입술을 적셨다. 부처님은 입술과 혀끝에 묻은 물기만으로 기운을 내어 다시 말했다.

　"아난다여, 여래가 여법하게 가고 난 뒤 비구들은 다음과 같이 생각할지 모른다. '이제는 스승의 말씀만 남아 있을 뿐 스승은 계시지 않는다' 라고. 그러나 아난다여,

비구들은 그렇게 생각해서는 안 된다. 여래가 언젠가 말했지 않느냐. 여래가 비구들에게 설해 왔던 경과 율만 받들라고. 여래가 여법하게 가고 난 뒤에는 경과 율이 너희 비구들의 스승이 될 것이니라."

부처님은 비구들을 걱정하는 노파심에서 또다시 당부하고 있었다. 쭌다에게 독버섯 요리를 공양 받기 전에도 비구들에게 경과 율만이 부처님의 가르침이니 오직 받들고 의지하라고 했던 것이다. 부처님은 비구들이 두서없이 아무렇게나 서로를 부르는 호칭에 대해서도 세세하게 당부했다.

"아난다여, 비구들은 지금까지 서로 '그대'라는 단어로 불렀지만 여래가 여법하게 가고 난 뒤에는 그렇게 불러서는 안 되느니라. 아난다여, 장로 비구가 신참 비구를 부를 때는 '그대'나 이름이나 성을 불러도 좋다. 그러나 신참 비구가 장로 비구를 부를 때는 '대덕'이나 '존자'라는 말로 불러야 하느니라."

부처님은 또 아난다에게 여러 계율 중에 소소한 것은 비구모임에서 합의하여 파기해도 좋다고도 말했다. 그러나 아난다는 무엇을 소소한 계율이라고 하는지 미처 여쭙지 못하고 말았다. 부처님이 말하는 것조차 힘들어 하고 있으므로 시봉하는 데만 정신이 팔려 있었던 것이다. 그래서 훗날 아난다는 장로 비구들로부터 심한 질책을 받았다. 소소한 계율이 무엇인지 구체적으로 묻지 않았다는 것이 질책의 사유였다. 결국 장로 비구들은 부처님의 의향을 정확히 파악할 수 없기 때문에 소소한 계율의 항목들을 그대로 두었는데, 이와 같은 것도 당시 승단의 중요한 안건 중의 하나였다.

부처님은 웨살리성에서 오지 않고 꼬삼비로 간 동갑내기인 찬나 비구에 대해서도 지침을 내렸다. 찬나 비구는 단체생활을 하는 데 성격이 모나고 부처님과 같은 까삘라성 출신이라는 자부심이 지나쳐 장로 비구들과 갈등이 잦다는 것을 알고 있었던 것이다.

"아난다여, 찬나 비구에게는 여래가 입멸한 뒤 그에게 '말하지 않는 벌(브라흐마단다)'을 가하는 것이 좋으리라."

부처님이 원래의 이름 찬다까를 줄여서 찬나 비구라고

부르는 것은 애정의 표현이었고, 그에게 벌을 주라는 것은 그가 스스로 교만함을 버리고 정진하여 아라한이 되었으면 하는 배려에서였다. 찬나를 교단으로부터 격리시키기 위한 것은 결코 아니었다. 부처님 마음속에는 아직도 찬나에 대한 측은한 마음과 고마움이 자리하고 있었.

"아난다여, 찬나 비구가 말하도록 내버려두되, 다른 비구들이 말을 걸거나 질책하지 말도록 하라. 찬나 비구를 가르치는 것도 일체 그만두어라. 이것이 바로 '말하지 않는 벌'이니라."

실제로 아난다는 부처님이 열반한 뒤에 꼬삼비의 고시따라마에 머물고 있는 찬나 비구를 찾아가 부처님이 당부한 대로 브라흐마단다를 통고했다. 그러자 찬나는 큰 충격을 받아 기절해 버렸다. 이윽고 정신을 차린 찬나는 고시따라마를 떠나 홀로 참회하며 혹독하게 수행했다. 그러자 어느 날 부처님이 무엇 때문에 자신에게 브라흐마단다의 벌을 내리게 했는지가 깨달아졌다. 그 순간 찬나는 아라한이 되었다.

아난다는 다시 물수건을 가져와 부처님의 입술을 적셨

다. 이번에는 부처님이 자신을 둘러싸고 있는 비구들에게 말했다.

"비구들이여, 너희들 가운데 여래와 여래의 가르침, 승단이나 수행의 길과 방법에 대해서 의혹이나 의문이 있다면 무엇이든 물어라. 여래가 세상에 있을 때 물어보았으면 좋았을 걸 하고 후회하지 않도록 지금 물어라."

그러나 비구들은 침묵할 뿐 아무도 질문하지 못했다. 부처님이 다시 두 번, 세 번 질문하라고 권유해도 마찬가지였다. 동료의 의문을 대신하여 말하라고 해도 물어오는 비구는 단 한 사람도 없었다.

아난다는 '어찌 단 한 사람도 의심하는 비구가 없을까' 하고 고개를 두어 번 흔들었다. 아난다는 부처님의 열반을 지켜보는 것만으로도 부처님의 가르침에 대한 비구들의 의문이 사라져 버린 것을 보고 찬탄했다.

"세존이시여, 참으로 불가사의한 일이옵니다. 참으로 훌륭한 일이옵니다. 지금 여기에 있는 비구들 중에는 단 한 사람도 의혹이나 의문을 가진 자가 없사옵니다."

"아난다여, 너는 여래를 우러르는 마음으로 그렇게 말

●부처님 열반을 기리기 위해 열반당에 봉안한 부처님 열반상

하고 있느니라. 여래가 보기에도 의혹이나 의문이 드는 비구가 단 한 명도 없는 것 같구나. 그러니 너희 비구들 모두가 반드시 깨달음을 얻게 될 것이니라."

마침내 부처님이 마지막으로 설했다.

"비구들이여, 이제 너희들에게 말하노라. '모든 현상은 소멸해 간다. 게으르지 말고 부지런히 정진하라' 이것이 여래의 마지막 말이다."

부처님의 짧은 유언은 자애롭고 간절했다. 유언은 어

둠을 밝히는 섬광처럼 눈을 홀연히 환하게 밝혔고, 바람이 옷깃을 파고들듯 영혼을 적셨다. 아난다는 자신도 모르게 '게으르지 말고 부지런히 정진하라'라는 부처님의 말씀을 마음속으로 중얼거렸다. 어느새 옆자리에는 눈이 먼 아누룻다 비구가 다가와 합장하고 있었다.

부처님은 유언을 하자마자 마치 이 세상에서의 할 일을 다 마친 성자처럼 미소를 지었다. 그리고는 바로 깊은 침묵으로 들어갔다. 강가 강변에서나 살라나무 숲 속에서 명상하고 사색할 때의 모습과 같았다. 아난다는 물기 어린 눈으로 보았고, 눈이 먼 아누룻다는 선정력으로 보았다.

잠시 후에는 신들 사이로 도리천에 있던 마야부인이 나타나 놀란 얼굴로 허공에서 황급히 내려오고 있었다. 살라나무 숲까지 내려온 마야부인을 본 비구는 눈이 먼 아누룻다 비구뿐이었다.

마야부인은 부처님의 가사와 바루를 어루만지며 통곡했다. 아누룻다도 마야부인의 구슬픈 울음소리에 그만 눈물을 흘리고 말았다. 그의 눈에 눈물이 한두 방울 비친 것은 실명한 이후 처음이었다. 도리천에서 내려온 마야

부인의 애절한 마음은 자식을 잃은 이 세상의 어머니와 조금도 다를 바 없었다.

아난다는 부처님 얼굴에 어린 미소를 보면서 부처님이 "아난다여!" 하고 곧 눈을 뜨지 않을까 하고 문득 기대했다. 그래서 아난다는 아누룻다에게 물었다.

"아누룻다 존자여, 세존께서 열반에 드신 것입니까."

"세존께서는 열반에 드신 것이 아니라 상수멸정想受滅定에 드셨네."

상수멸정이란 의식과 감각이 모두 사라진 선정을 뜻했다. 아누룻다는 부처님이 여러 선정의 단계로 차례차례 드시는 모습을 천안으로 보고 있었다. 이윽고 부처님이 여러 선정의 단계를 거쳐 열반에 들자 갑자기 땅이 흔들리고 먼 하늘에서 천둥이 울렸다.

천지가 격렬하게 흔들리고 천둥이 울린 까닭은 부처님의 열반을 세상 구석구석까지 알리고자 했기 때문이었다. 범천 사함빠띠가 가장 먼저 조시를 읊었다.

범천 사함빠띠 불타에게 설법을 권하기도 하고 불법을 기리며 지키는 신

* 부처님이 열반한 꾸시나라 마을 변두리의 살라나무 숲. 훗날 열반당을 지었다.

이 세상에 태어남을 받으시어

그 몸 다해 정定에 드시니

세상에 비할 바 없이 힘 있고

정각을 얻으신 여래께서는

스스로 증득한 진리 위해

영원한 열반에 드시는구나.

이어 아누룻다와 아난다도 시를 지어 부처님을 우러렀

다. 다만 깨달음에 이르지 못한 비구들은 슬픈 감정에 휩싸여 이리 저리 뒹굴며 울었다. 그러나 대부분의 비구들은 무상無常을 깊이 절감하며 눈을 지그시 감고 슬픔을 견뎠다. 아누룻다는 허공에서 날아온 신들을 보면서 합장한 손을 풀지 않았다. 신들도 비구들과 마찬가지로 한 무리는 비통해했고, 또 다른 무리는 무상을 느끼며 부처님의 열반을 지켜보았다.

　부처님이 열반에 든 살라나무 숲에는 보름날의 밤안개와 달빛이 떠돌았다. 부처님의 침묵과 미소가 어린 이 세상에서 가장 슬프고도 거룩한 밤안개와 달빛이었다. 그제야 아난다는 부처님이 보여 준 '남김 없는 번뇌의 소멸(니르바나)'을 위대한 열반이라고 깨달았다.

사리를 8등분하여 탑을 세우다

부처님이 열반에 든 지 7일째였다. 부처님의 당부대로 다비 과정은 말라족 사람들이 주도했다. 비구들은 장례에 조금도 간여하지 말라고 했던 것이다. 말라족 사람들은 촌장의 지시에 따라 준비해 온 흰 천으로 부처님을 감쌌다. 그러고 나서 꾸시나라 마을 동쪽에 있는 말라족 사당인 마꾸따반다나로 부처님을 옮겼다. 사당 주변에는 야자나무 숲이 울창했다. 야자나무 잎들은 멀리서 보면 공작새가 깃을 펴고 있는 것처럼 보였으므로 말리족들은 공작야자나무라고 불렀다.

사당 옆 공터에는 다비에 사용할 전단향나무 장작더미

와 부처님 법체에 뿌릴 노란 만다라와나무에서 꺾어 온 만다라와 꽃들이 산처럼 쌓여 있었다. 이윽고 말라족 촌장이 부처님 법체를 장작더미 위에 올리도록 지시했다. 부처님 법체가 말라족 사람들에 의해 장작더미 위에 놓이자, 라훌라가 다가가 먼저 만다라와 꽃을 뿌리며 오른쪽으로 세 번 돌고 나서 존경의 표시로 부처님 발에 이마를 댔다. 야소다라도, 아누룻다도, 수부띠도, 아난다도, 암바빨리도, 쭌다도 라훌라처럼 따라했다. 웨살리성에서부터 부처님을 따라온 모든 비구와 비구니들도 만다라와 꽃을 뿌리며 부처님 법체를 돌았다.

다비장에는 만다라와 꽃비가 내린 듯했다. 전단향나무 향도 더 없이 향기롭게 다비장을 감쌌다. 아난다는 문득 마하깟사빠를 찾았다. 7일 밤낮으로 단 한 순간도 잠을 자지 못했으므로 잠깐 동안 졸았는데 그 사이에 마하깟사빠가 보였던 것이다.

'마하깟사빠 존자여, 어디 계십니까. 이제 세존의 법체를 뵐 기회가 마지막으로 지나가고 있습니다.'

그런데 참으로 놀라운 일이었다. 마하깟사빠가 5백여

명의 비구들을 데리고 빠와 마을을 지나 꾸시나라 마을로 향하고 있었던 것이다. 물론 그때까지도 마하깟사빠는 부처님이 열반에 든 사실을 전혀 모르고 있었다. 그가 부처님의 열반 사실을 안 것은 나체 고행자인 아지와까를 만나고 나서였다. 아지와까는 만다라와 꽃으로 목걸이를 만들어 목에 걸고 빠와 마을로 가고 있는 중이었다. 마하깟사빠가 먼저 말했다.

"벗이여, 나의 스승 세존을 아십니까."

"예, 나는 고따마 사문을 알고 있지요. 그런데 고따마 사문은 열반한 지 7일이 됐어요. 이 만다라와 꽃은 다비장에서 기념으로 가져온 것이지요."

마하깟사빠는 서둘러 말라족 사당 마꾸따반다나로 걸었다. 잠시도 지체하지 않았다. 마하깟사빠는 맨 앞에서 5백여 명의 비구들을 이끌며 중얼거렸다.

'모든 현상은 무상하다. 그러니 이 무상한 것들이 어떻게 영원하기를 바라겠는가.'

마침내 마하깟사빠는 부처님 법체에 불을 붙이기 바로 직전에 도착했다. 마하깟사빠는 부처님 법체 앞에서 합

●말라족 사람들이 열반한 부처님을 다비한 화장터

장한 뒤 만다라와 꽃을 뿌리면서 오른쪽으로 세 번 돌고 나서 부처님 발에 머리를 대어 마지막 작별인사를 했다. 그러자 흰 천 밖으로 드러나 있던 부처님의 두 발이 움직였다. 마하깟사빠는 바로 그 뜻을 알아차리고 말라족 촌장에게 부처님 법체를 전단향나무 관에 모시라고 말했다.

 마하깟사빠를 따라온 5백여 명의 비구들도 마하깟사빠처럼 한 사람 한 사람 부처님과 작별인사를 했다. 이윽고 부처님 법체에 불이 붙었다. 불이 타는 동안 비구와 비구니들이 기도를 했고, 말라족 사람들은 울부짖었다. 마하깟사빠는 합장한 채 조용히 야자나무 숲으로 물러났다. 그런 뒤 7일 동안 밤낮으로 선정에 들었다.

부처님의 사리는 말라족 사람들이 수습하여 사당 마꾸따반다나로 모셨다. 그제야 마가다국의 아자따삿뚜왕은 부처님의 열반 소식을 듣고서 사신을 보냈다. 사신이 꾸시나라 마을 촌장에게 왕의 말을 전했다.

"대왕께서 '부처님도 왕족이고 나도 왕족이오. 그러니 나는 부처님의 사리를 일부 받을 자격이 있소. 나는 큰 사리탑을 세워 예배할 것이오'라고 말씀하셨소."

뒤이어 웨살리성의 릿차위족도, 까삘라성의 사꺄족도, 알라깝빠성의 불리족도, 라마가마성의 꼴리야족도, 웻타디빠성의 브라만도, 빠와 마을의 말라족도 모두 사신을 보내 부처님 사리를 달라고 요청했다.

이에 꾸시나라 마을 말라족 촌장은 다비장에 모인 군중들에게 말했다.

"부처님은 우리가 사는 땅에 오시어 열반하셨소. 그러니 부처님 사리는 우리 말라족이 모실 자격이 있으니 누구에게도 나누어 줄 수 없소."

순간 군중이 술렁이자 브라만 도나가 나서 말했다.

"인내는 부처님의 가르침이오. 누구보다 훌륭한 부처님 사리를 놓고 분쟁한다는 것은 옳지 않은 일이오. 그러니 뜻을 모아 화합해야 합니다. 여러분, 그렇지 않습니까! 기쁜 마음으로 동의해 주시오. 부처님 사리를 여덟 등분으로 나누도록 합시다. 그리하여 여러 성의 많은 사람들이 부처님을 영원히 존경하도록 합시다. 여러 곳에 탑을 세워 부처님 사리를 모시도록 합시다."

"좋소. 그대가 부처님 사리를 공평하게 여덟 등분으로 나누시오."

"그럼, 제가 여러분이 동의한 대로 나누겠소. 다만, 부처님 사리를 담았던 항아리는 저에게 주십시오. 저도 탑을 세워 예배하고 싶소."

그런데 뺍빨리성의 모리야족도 부처님의 사리를 달라고 뒤늦게 요청해 왔다. 할 수 없이 모리야족에게는 다비장의 숯을 가져가도록 했다. 이미 부처님 사리를 여덟 등분하여 분배하였기 때문이다.

● 열반하실 때까지 길 위에서 가르침을 폈던 부처님의 맨발을 조각한 불족상佛足像

꾸시나라 마을에 모였던 비구들은 부처님 다비와 사리 배분이 아무 탈 없이 끝나고 나자 뿔뿔이 흩어졌다. 마하깟사빠도 라자가하성으로 5백여 비구들을 데리고 돌아갔다. 그런데 부처님이 살아계실 때부터 말재주와 튀는 행동으로 마하깟사빠에게 지적받곤 했던 발난따가 선동을 하고 다녔다.

"세존의 가르침이라고 해서 무조건 따를 필요가 있는가. 우리도 자재한 경지에 도달한 사문이 아닌가. 수행하는 데 불필요한 가르침은 융통성 있게 고쳐야지. 세존의 법과 율을 어떻게 다 미련하게 지키며 수행한단 말인가."

결국 마하깟사빠는 라자가하성 밖에 있는 삽따빠르니동굴七葉窟로 비구들을 모이게 했다. 멀리 흩어졌던 비구들이 삽따빠르니동굴로 다시 모였다. 다만 이번에는 아라한과를 얻은 장로 비구들만 소집했다.

아라한과를 얻지 못하여 마하깟사빠에게 거절을 당한 아난다는 맨 나중에 합류했다. 삽따빠르니동굴 앞의 절벽 위에서 목숨을 걸고 7일 동안 밤낮으로 정진한 끝에 극적으로 아란한과를 얻었던 것이다. 그리하여 아난다의 입을 통하여 부처님의 가르침이 세상에 남게 되었다. 아난다가 먼저 기억하여 말하면 모든 비구들이 합송하여 인정하는 방법으로 부처님의 가르침을 기록해 나갔던 것이다.

아난다는 놀라운 집중력으로 모래밭에서 사금을 채취하듯 부처님의 가르침을 하나하나 기억해냈고, 부처님이 준 누더기를 평생 입고 다닌 마하깟사빠는 총책임자로서 5백 명의 아라한들이 보는 앞에서 부처님의 말씀을 단 한 마디도 어긋남 없이 남겼다.

| 작가 후기 |

인생은 순간이지만 미소는 영원하다

이 소설은 부처님이 웨살리에서 비구들을 불러놓고 당신의 열반을 선언한 뒤부터 꾸시나라 변두리에 있는 살라나무 숲 속에서 영원히 눈을 감으실 때까지 시봉하는 아난다와 주고받은 세 달 동안의 이야기가 주요한 내용이다.

마하깟사빠(가섭존자) 같은 몇몇 뛰어난 비구들은 부처님이 열반할 것이라는 소식을 들었을 때 이미 아라한이 되어 삶의 무상함을 통찰하고 있었으므로 눈물을 흘리거나 당황하지 않았지만 부처님의 속가 동생이자 아직 아라한이 되지 못한 아난다는 달랐다. 보통사람인 우리와 같이 몹시 당황했고 슬픔을 이기지 못했다. 아난다가 비구들에게 자신의 나약한 모습을 보이지 않으려고 사당으로 들어가 문고리를 잡고 울자, 부처님은 오히려 아난다를 불러 위로하시었다.

"아난다여, 너는 여래의 열반을 한탄하거나 슬퍼해서는 안 되느니라. 아난다여, 여래가 너에게 항상 말하지 않았더냐. 아무리 사랑하고 서로 마음이 맞는 사람이라 하더라도 마침내는 헤어져야 할 때가 찾아오는 것이라고. 그것을 어찌 피할 수 있겠느냐. 아난다여, 사람은 어느 누구라도 생로병사를 영원히 피할 수는 없느니라. 헤어지는 것이 슬프고 안타까워 '헤어지지 말자'고 만류하는 것은 순리에 맞지 않는 일이니라.

아난다여, 너는 참으로 오랫동안 사려 깊은 행동으로 여래를 옆에서 도왔고 무슨 일이든 게으름을 피우지 않고 나를 시봉하였느니라. 아난다여, 너는 참으로 많은 복덕을 지었느니라. 앞으로 여래가 없더라도 방일하지 말고 부지런히 힘써 정진하여 번뇌 없는 경지에 빨리 도달함이 좋으리라."

〈대반열반경大般涅槃經〉에 나오는 한 장면인데, 이 경전을 되풀이해 읽는 동안 부처님이 아직 깨달음을 이루지 못한 아난다 비구를 얼마나 사랑하고 배려했는지 그 마음을 생생하게 헤아려 볼 수 있었다.

아난다만이 아니다. 부처님은 아직 아라한이 되지 못한 비구들에게 정성을 더 쏟고 있을 뿐만 아니라 보통사람들에게도 연민의 정을 더 주고 있음이 보인다. 고아 출신인 유녀遊女 암바빨리, 대장장이 쭌다, 장사꾼 뿍꾸사, 무지렁이 시골사람들, 이교도들을 위해 몸이 낡은 수레처럼 움직이기조차 힘들었음에도 불구하고 설법을 멈추지 않았다. 열반 바로 직전에는 떠돌이 수행자 수밧다에게 입술을 겨우 달싹이며 진리를 설하셨다.

이 소설을 쓴 나 역시 아난다처럼 아직 깨닫지 못한 사람으로서 부처님의 이와 같은 자비로운 모습에 크게 감동했고 무한한 존경심을 느꼈다. 신분을 가리지 않고 승속을 떠나서 한 사람이라도 더 진리의 눈法眼을 뜨게 하기 위해 노심초사하는 마음이야말로 인간적인 너무나 인간적인 부처님의 자비와 사랑이라고 생각했던 것이다.

꾸시나라의 열반당에서 부처님 열반상을 참배했을 때의 감동이 지금도 잊히지 않는다. 더구나 나는 그때 돌아가신 아버지를 위해 49재를 지내던 중에 남은 재는 가족에게 맡기고 홀연히 인도로 떠났던 것이다. 문득 인생이 무엇인지, 내가 누구인지 알고 싶은 충동이 솟구쳐 견딜 수 없었기 때문이었다.

열반상에서 본 부처님의 미소는 어느 때부터인가 내 인생길의 좌우명이 되었다는 생각이 든다. 부처님의 미소 속에 부처님의 자애로웠던 80년 인생이 다 들어 있었던 것이다. 인생은 순간이지만 미소는 영원하다는 깨달음이 나의 영혼을 적셨다. 영원히 사는 길이 무엇인지 인생의 진리를 본 듯한 자각自覺이 들었다.

이 소설을 쓰게 된 계기가 있다면 그런 나의 자각自覺도 한 이유가 됐을 터이다. 물론 그 후 한 지인의 권유로 〈대반열반경〉을 여러 번 읽고 접하면서 미처 알지 못했던, 깨달음을 이루지 못한 사람들에게 더 눈길을 주는 부처님의 인간적인 진면眞面을 보았고, 그 감동을 독자에게 전하고 싶은 욕구가 강렬했던 것도 사실이지만 말이다.

나는 지금까지 여러 권의 불교소설을 발표한 바 있지만 이번에 집필을 끝낸 『니르바나의 미소』는 아주 특별한 감회를 갖게 한다는 생각이 든다. 외롭고 치열했던 청춘의 한 시기를 보냈던 모교母校에서 책을 내는 것도 뜻깊은 일이고, 후배들이 밤낮으로 정성들여 편집했다는 것도 잊지 못할 듯하다.

불법의 향기가 만리향萬里香처럼 감도는 모교에서 언젠가 책을 내야 한다는 일종의 부채의식 같은 것이 있었는데, 이제야 숙제를 하나 마친 느낌이다. 물론 이전에 『소설 김지장』을 발간한 적이 있지만 그 책은 신간이 아니고 재발간한 책이었으므로 마음 한구석이 사뭇 허전했던 것이다. 이제야 모교 후배들의 애정과 수고로움으로 겨우 겨자씨만한 회향이 이루어져 마음의 빚을 조금이라도 던 것 같다.

무슨 말을 해도 늘 미소로 공감해 주는 김윤길 후배, 그리고 믿음직한 저음으로 나의 게으름을 되돌아보게 한 심종섭 후배와 출판부 여러분들에게 고맙다는 말을 이 지면을 빌려 전하고 싶다. 더불어 본문 사진을 협조해 준 유동영 님, 아일선 님에게도 감사를 드린다.

남도산중 이불재에서

무염 정찬주 합장

 시리즈

마음의 발견 1

선객

'솔직한 수행자'의 천진난만한 이야기에서
백척간두진일보의 치열한 수행담까지

※ 2010년 문화체육관광부 우수교양도서 선정

선운사 승가대학장 법광 스님이 선방에서 정진하며 겪은 별난 이야기 마흔일곱 편!

어렵고 멀게만 느껴지던 스님들의 이야기가 더없이 친근하게 다가온다. "웃음이 너무 천진스러워서……"라는 신경림 시인의 말처럼, 책 표지에 실린 선운사 승가대학장 법광 스님의 모습은 정말 천진난만하다. 그런데 모습만 그런 것이 아니다. 책에 실린 한 편 한 편의 글을 읽다 보면, 얼굴에 그 사람의 삶이 드러난다는 사실을 인정하지 않을 수 없게 된다.

마음의 발견 2

옛시에 취하다

옛시의 마당에서 세상과 자신을 관조하는
원로학자의 자기 성찰

난해한 선시 연구의 길을 연 원로 국문학자 소석素石 선생의 묵직하면서도 예리한 시선

저자는 옛시를 억지로 설명하지도, 강요하지도 않는다. 연륜이 묻어나는 너그러운 문체로 우리네 삶의 이곳저곳을 천천히 더듬어 갈 뿐이다. 그 과정에서 우리들이 쉬 접해 보지 못했던 옛시의 속살을 우리네 삶과 밀접하게 연결시킨다.

 시리즈는 현대인의 마음에 등불이 될 미래 콘텐츠입니다.